世界之美，就在有缺陷，有希望和想象的田地

不完美，才是美

朱光潜 著

北京理工大学出版社
BEIJING INSTITUTE OF TECHNOLOGY PRESS

版权专有 侵权必究

图书在版编目（CIP）数据

不完美，才是美 / 朱光潜著. —北京 : 北京理工大学出版社, 2018.9
ISBN 978-7-5682-5842-5

Ⅰ. ①不… Ⅱ. ①朱… Ⅲ. ①散文集－中国－当代 Ⅳ. ①I267

中国版本图书馆CIP数据核字（2018）第148651号

出版发行 / 北京理工大学出版社有限责任公司
社　　址 / 北京市海淀区中关村南大街 5 号
邮　　编 / 100081
电　　话 / （010）68914775（总编室）
（010）82562903（教材售后服务热线）
（010）68948351（其他图书服务热线）
网　　址 / http: //www.bitpress.com.cn
经　　销 / 全国各地新华书店
印　　刷 / 三河市金元印装有限公司
开　　本 / 889 毫米 × 1194 毫米　1/32
印　　张 / 9
字　　数 / 181千字
版　　次 / 2018 年 9 月第 1 版　2018 年 9 月第 1 次印刷
定　　价 / 49.80元

责任编辑 / 刘永兵
文案编辑 / 刘永兵
责任校对 / 周瑞红
责任印制 / 边心超

图书出现印装质量问题，请拨打售后服务热线，本社负责调换

◆目录

◆CONTENTS

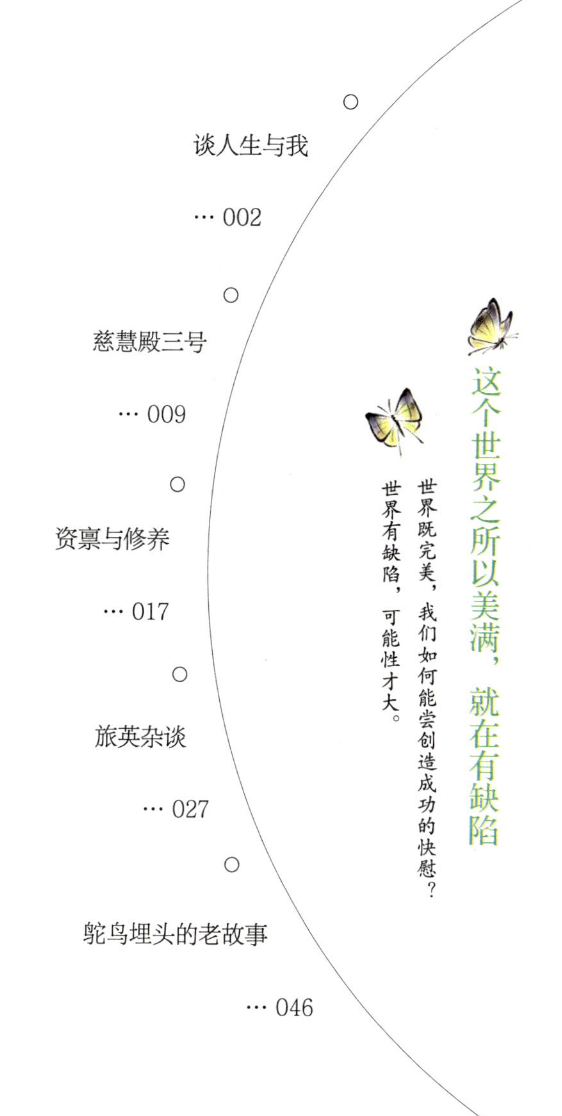

这个世界之所以美满，就在有缺陷

世界既完美，我们如何能尝创造成功的快慰？世界有缺陷，可能性才大。

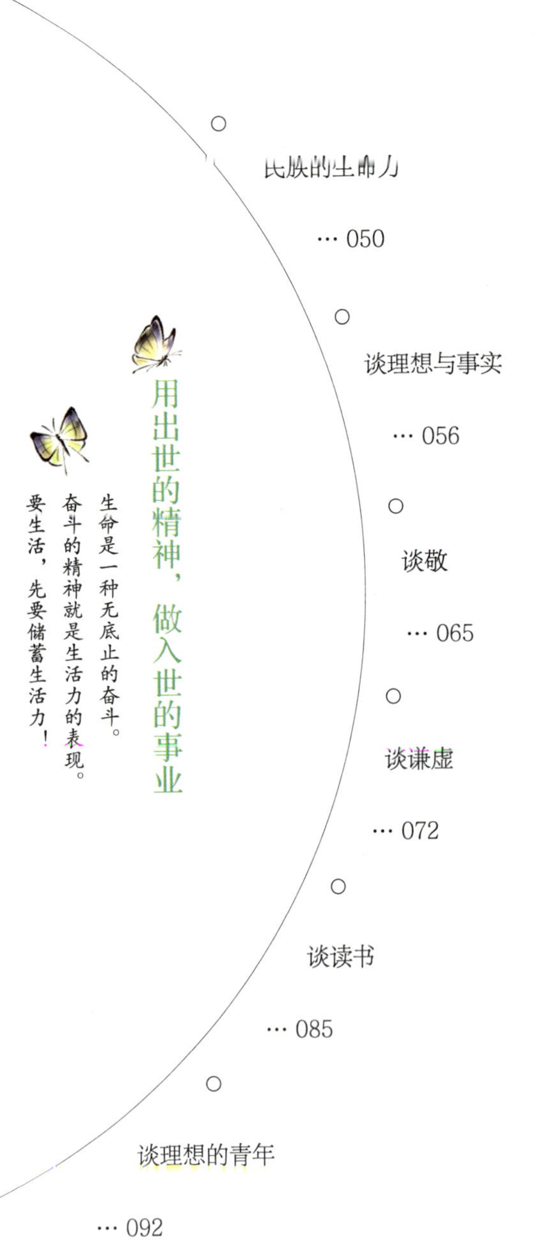

用出世的精神，做入世的事业

生命是一种无底止的奋斗。
奋斗的精神就是生活力的表现。
要生活，先要储蓄生活力！

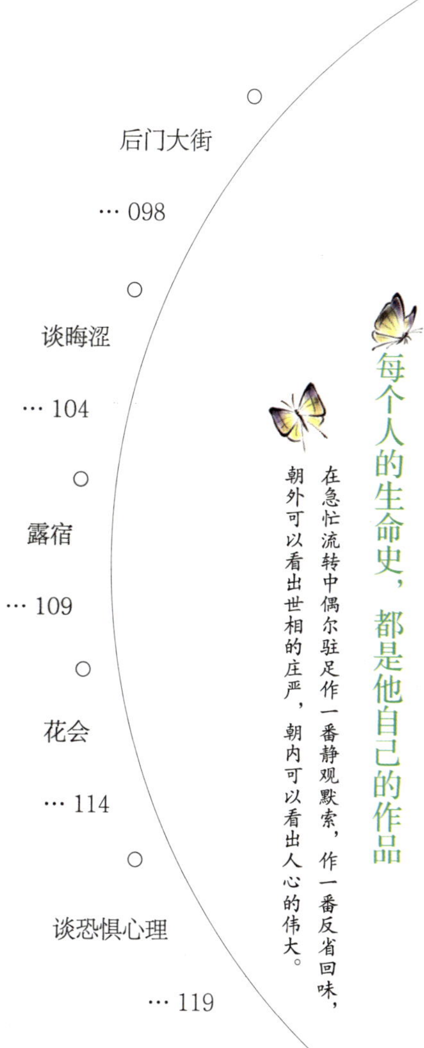
每个人的生命史，都是他自己的作品
在急忙流转中偶尔驻足作一番静观默索，作一番反省回味，朝外可以看出世相的庄严，朝内可以看出人心的伟大。

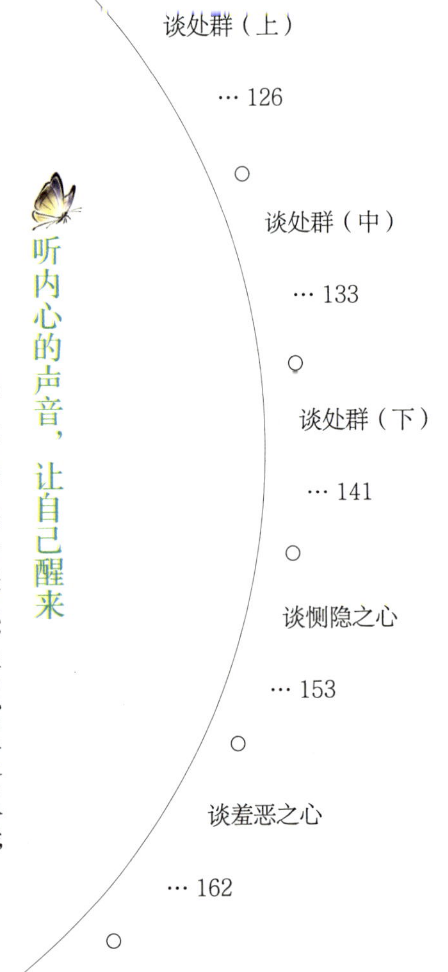

听内心的声音，让自己醒来

自然节奏有起有伏，有张有弛，伏与弛不单是为休息，也不单是为破除单调，而是为精力的生养储蓄。

从心所欲，不逾矩

孔子说：『七十而从心所欲，不逾矩。』
这是道德家的极境，也是艺术家的极境。

在生活中寻一些趣味

趣味无可争辩，但是可以修养。
文艺标准是修养出来的纯正的趣味。

这个世界之所以美满，就在有缺陷

世界既完美，我们如何能尝创造成功的快慰？

世界有缺陷，可能性才大。

谈人生与我

我不在生活以外别求生活方法，不在生活以外别求生活目的。
世间少我一个，多我一个，或者我时而幸运，
时而受灾祸侵逼，我以为这都无伤天地之和。

朋友：

我写了许多信，还没有郑重其事地谈到人生问题，这是一则因为这个问题实在谈滥了，一则也因为我看这个问题并不如一般人看得那样重要。在这最后一封信里我所以提出这个滥题来讨论着，并不是要说出什么一番大道理，不过把我自己平时几种对于人生的态度随便拿来做一次谈料。

我有两种看待人生的方法。在第一种方法里，我把我自己摆在前台，和世界一切人和物在一块玩把戏；在第二种方法里，我把我自己摆在后台，袖手看旁人在那儿装腔作势。

站在前台时，我把我自己看得和旁人一样，不但和旁人一样，并

且和鸟兽虫鱼诸物也都一样。人类比其他物类痛苦，就因为人类把自己看得比其他物类重要。人类中有一部分人比其余的人苦痛，就因为这一部分人把自己比其余的人看得重要。比方穿衣吃饭是多么简单的事，然而在这个世界里居然成为一个极重要的问题，就因为有一部分人要亏人自肥。再比方生死，这又是多么简单的事，无量数人和无量数物都已生过来死过去了。一个小虫让车轮压死了，或者一朵鲜花让狂风吹落了，在虫和花自己都决不值得计较或留恋，而在人类则生老病死以后偏要加上一个苦字。这无非是因为人们希望造物主宰待他们自己应该比草木虫鱼特别优厚。

因为如此着想，我把自己看作草木虫鱼的侪辈，草木虫鱼在和风甘露中是那样活着，在炎暑寒冬中也还是那样活着。像庄子所说，它们“诱然皆生，而不知其所以生；同焉皆得，而不知其所以得”。它们时而戾天跃渊，欣欣向荣；时而含葩敛翅，晏然蛰处，都顺着自然所赋予的那一副本性。它们决不计较生活应该是如何，决不追究生活是为着什么，也决不埋怨上天待它们特薄，把它们供人类宰割凌虐。在它们说，生活自身就是方法，生活自身也就是目的。

从草木虫鱼的生活，我觉得一个经验。我不在生活以外别求生活方法，不在生活以外别求生活目的。世间少我一个，多我一个，或者我时而幸运，时而受灾祸侵逼，我以为这都无伤天地之和。你如果问我，人们应该如何生活才好呢？我说，就顺着自然所给的本性生活

荷兰后印象派画家
文森特·梵·高（1853—1890）
《夜色里的房子》作于1888年

着，像草木虫鱼一样。你如果问我，人们生活在这幻变无常的世相中究竟为着什么？我说，生活就是为着生活，别无其他目的。你如果向我埋怨天公说，人生是多么苦恼呵！我说，人们并非生在这个世界来享幸福的，所以那并不算奇怪。

这并不是一种颓废的人生观。你如果说我的话带有颓废的色彩，我请你在春天到百花齐放的园子里去，看看蝴蝶飞，听听鸟儿鸣，然后再回到十字街头，仔细瞧瞧人们的面孔，你看谁是活泼，谁是颓废？请你在冬天积雪凝寒的时候，看看雪压的松树，看着站在冰上的鸥和游在水中的鱼，然后再回头看看遇苦便叫的那“万物之灵”，你以为谁比较能耐苦持恒呢？

我拿人比禽兽，有人也许目为异端邪说。其实我如果要援引“经典”，称道孔孟以辩护我的见解，也并不是难事。孔子所谓“知命”，孟子所谓“尽性”，庄子所谓“齐物”，宋儒所谓“廓然大公，物来顺应”，和希腊廊下派哲学，我都可以引申成一篇经义文，做我的护身符。然而我觉得这大可不必。我虽不把自己比旁人看得重要，我也不把自己看得比旁人分外低能，如果我的理由是理由，就不用仗先圣先贤的声威。

以上是我站在前台对于人生的态度。但是我平时很欢喜站在后台看人生。许多人把人生看作只有善恶分别的，所以他们的态度不是留恋，就是厌恶。我站在后台时把人和物也一律看待，我看西施、嫫母、秦桧、岳飞也和我看八哥、鹦鹉、甘草、黄连一样，我看匠人盖屋也和我看鸟鹊营巢、蚂蚁打洞一样，我看战争也和我看斗鸡一样，我看恋爱也和我看雄蜻蜓追雌蜻蜓一样。因此，是非善恶对我都无意义，我只觉得对着这些纷纭扰攘的人和物，好比看图画，好比看小说，件件都很有趣味。

这些有趣味的人和物之中自然也有一个分别。有些有趣味，是因为它们带有很浓厚的喜剧成分；有些有趣味，是因为它们带有很深刻的悲剧成分。

我有时看到人生的喜剧。前天遇见一个小外交官，他的上下巴都光光如也，和人说话时却常常用大拇指和食指在腮旁捻一捻，像有胡须似的。他们说这是官气，我看到这种举动比看诙谐画还更有趣味。许多年前一位同事常常很气忿地向人说："如果我是一个女子，我至少已接得一尺厚的求婚书了！"偏偏他不是女子，这已经是喜剧；何况他又麻又丑，纵然他幸而为女子，也决不会有求婚书的麻烦，而他却以此沾沾自喜，这总算得喜剧之喜剧了。这件事和英国文学家哥尔德斯密斯的一段逸事一样有趣。他有一次陪几个女子在荷兰某一个桥上散步，看见桥上行人个个都注意他同行的女子，而没有一个睬他自己，便板起面孔很气忿地说："哼，在别地方也有人这样看我咧！"如此等类的事，我天天都见得着。在闲静寂寞的时候，我把这一类的小小事件从记忆中召回来，寻思玩味，觉得比抽烟饮茶还更有味。老实说，假如这个世界中没有曹雪芹所描写的刘姥姥，没有吴敬梓所描写的严贡生，没有莫里哀所描写的达尔杜弗和阿尔巴贡，生命更不值得留恋了。我感谢刘姥姥、严贡生一流人物，更甚于我感谢钱塘的潮和匡庐的瀑。

其次，人生的悲剧尤其能使我惊心动魄；许多人因为人生多悲剧而悲观厌世，我却以为人生有价值正因其有悲剧。我在几年前做的《无言之美》里曾说明这个道理，现在引一段来：

> 我们所居的世界是最完美的，就因为它是最不完美的。这话表面看来，不通已极。但是实含有至理。假如世界是完美的，人类所过的生活——比好一点，是神仙的生活；比坏一点，就是猪的生活——便呆板单调已极，因为倘若件件事都尽美尽善了，自然没有希望发生，更没有努力奋斗的必要。人生最可乐的就是活动所生的感觉，就是奋斗成功而得的快慰。世界既完美，我们如何能尝创造成功的快慰？这个世界之所以美满，就在有缺陷，就在有希望的机会，有想象的田地。换句话说，世界有缺陷，可能性才大。

这个道理李石岑先生在《一般》三卷三号所发表的《缺陷论》里也说得很透辟。悲剧也就是人生一种缺陷。它好比洪涛巨浪，令人在平凡中见出庄严，在黑暗中见出光彩。假如荆轲真正刺中秦始皇，林黛玉真正嫁了贾宝玉，也不过闹个平凡收场，哪得叫千载以后的人唏嘘赞叹？以李太白那样天才，偏要和江淹戏弄笔墨，做了一篇《反恨赋》，和《上韩荆州书》一样庸俗无味。毛声山评《琵琶记》，说他有意要做“补天石”传奇十种，把古今几件悲剧都改个快活收场，他没有实行，总算是一件幸事。人生本来要有悲剧才能算人生，你偏想把它一笔勾销，不说你勾销不去，就是勾销去了，人生反更索然寡趣。所以我无论站在前台或站在后台时，对于失败，对于罪孽，对于殃咎，都是一副冷眼看待，都是用一个热心惊赞。

朋友，我感谢你费去宝贵的时光读我的这十二封信，如果你不厌倦，将来我也许常常和你通信闲谈，现在让我暂时告别吧！

你的朋友 光潜

慈慧殿三号

我欢喜一切生物和无生物尽量地维持它们的本来面目，
我欢喜自然的粗率和芜乱，
所以我始终不能真正地欣赏一个很整齐、有秩序、
路像棋盘、常青树剪成几何形体的园子……

慈慧殿并没有殿，它只是后门里一个小胡同，因西口一座小庙得名。庙中供的是什么菩萨，我在此住了三年，始终没有去探头一看，虽然路过庙门时，心里总是要费一番揣测。慈慧殿三号和这座小庙隔着三四家居户，初次来访的朋友们都疑心它是庙，至少，它给他们的是一座古庙的印象，尤其是在树没有叶的时候；在北平，只有夏天才真是春天，所以慈慧殿三号像古庙的时候是很长的。它像庙，一则是因为它荒凉，二则是因为它冷清，但是最大的类似点恐怕在它的建筑，它孤零零地兀立在破墙荒园之中，显然与一般民房不同。这三年来，我做了它的临时“住持”，到现在仍没有请书家题一个某某斋或

荷兰后印象派画家
文森特·梵·高（1853—1890）
《阿尔夜间的露天咖啡座》

某某馆之类的匾额来点缀，始终很固执地叫它“慈慧殿三号”，这正如有庙无佛，多一事不如省一事。

慈慧殿三号的左右邻家都有崭新的朱漆大门，它的破烂污秽的门楼居在中间，越发显得它是一个破落户的样子。一进门，右手是一个煤栈，是今年新搬来的，天晴时天井里右方隙地总是晒着煤球，有时门口停着运煤的大车以及它所应有的附属品——黑麻布袋、黑牲口、满面涂着黑煤灰的车夫。在北方居过的人会立刻联想到一种类型的龌龊场所。一黏上煤没有不黑不脏的，你想想德胜门外、门头沟车站或是旧工厂的锅炉房，你对于慈慧殿三号的门面就可以想象得一个大概。

和煤栈对面的——仍然在慈慧殿三号疆域以内——是一个车房，所谓“车房”就是停人力车和人力车夫居住的地方。无论是停车的或是住车夫的房子照例是只有三面墙，一面露天。房子对于他们的用处只是遮风雨；至于防贼，掩盖秘密，都全是另一个阶级的需要。慈慧殿三号的门楼左手只有两间这样三面墙的房子，五六个车子占了一间；在其余的一间里，车夫、车夫的妻子和猫狗进行他们的一切活动：做饭、吃饭、睡觉、养儿子、会客谈天，等等。晚上回来，你总可以看见车夫和他的大肚子的妻子“举案齐眉”式的蹲在地上用晚饭，房东看门的老太婆捧着长烟杆，闭着眼睛，坐在旁边吸旱烟。有时他们围着那位精明强干的车夫听他演说时事或故事。虽无瓜架豆棚，却是乡村式的太平岁月。

这些都在二道门以外。进二道门一直望进去是一座高大而空阔的四合房子。里面整年地鸦雀无声，原因是唯一的男主人天天是夜出早归，白天里是他的高卧时间；其余尽是妇道之家，都挤在最后一进房子，让前面的房子空着。房子里面从“御赐”的屏风到四足不全的椅凳都已逐渐典卖干净，连这座空房子也已经抵押了超过卖价的债项。这里面七八口之家怎样撑持他们的槁木死灰的生命是谁也猜不出来的疑案。在三十年以前他们是声威煊赫的“皇代子”，杀人不用偿命的。我和他们整年无交涉，除非是他们的“大爷”偶尔拿一部宋拓圣教序或是一块端砚来向我换一点烟资，他们的小姐们每年照例到我的园子里来两次，春天来摘一次丁香花，秋天来打一次枣子。

煤栈、车房、破落户的旗人，北平的本地风光算是应有尽有了。我所住持的“庙”原来和这几家共一个大门出入，和他们公用“慈慧殿三号”的门牌，不过在事实上是和他们隔开来的。进二道门之后向右转，当头就是一道隔墙。进这隔墙的门才是我所特指的“慈慧殿三号”。本来这园子的几十丈左右长的围墙随处可以打一个孔，开一个独立的门户。有些朋友们嫌大门口太不像样子，常劝我这样办，但是我始终没有听从，因为我舍不得煤栈、车房所给我的那一点劳动生活的景象，舍不得进门时那一点曲折和跨进园子时那一点突然惊讶。如果自营一个独立门户，这几个美点就全毁了。

从煤栈、车房转弯走进隔墙的门，你不能不感到一种突然惊讶。如果是早晨的话，你会立刻想到“清晨入古寺，初日照高林，曲径通幽处，禅房花木深”几句诗恰好配用在这里的。百年以上的老树到处都可爱，尤其是在城市里成林；什么种类都可爱，尤其是松柏和楸。这里没有一棵松树，我有时不免埋怨百年以前经营这个园子的主人太疏忽。柏树也只有一棵大的，但是它确实是大，而且一走进隔墙门就是它，它的浓阴布满了一个小院子，还分润到三间厢房。柏树以外，最多的是枣树，最稀奇的是楸树。北平城里人家有三棵两棵楸树的便视为珍宝。这里的楸树一数就可以数上十来棵，沿后院东墙脚的一排七棵俨然形成一段天然的墙。我到北平以后才见识楸树，一见就欢喜它。它在树木中间是神仙中间的铁拐李，《庄子》所说的“大本臃肿而不中绳墨，小枝卷曲而不中规矩”，拿来形容楸似乎比形容樗更恰当。最奇怪的是这臃肿卷曲的老树到春天来会开类似牵牛的白花，到夏天来会放类似桑榆的碧绿的嫩叶。这园子里树木本来就很杂乱，大的小的，高的低的，不伦不类地混在一起；但是这十来棵楸树在杂乱中辟出一个头绪来，替园子注定一个很明显的个性。

我不是能雇用园丁的阶级中人，要说自己动手拿锄头、喷壶吧，一时兴到，容或暂以此为消遣，但是“一日曝之，十日寒之”，究竟无济于事，所以园子终年是荒着的。一到夏天来，狗尾草、蒿子、前几年枣核落下地所长生的小树，以及许多只有植物学家才能辨别的草都长得有腰深。偶尔栽几棵丝瓜、玉蜀黍，以及西红柿之类的蔬菜，到后来都没在草里看不见。我自己特别挖过一片地，种了几棵芍药，两年没有开过一朵花。所以园子里所有的草木花都是自生自长用不着人经营的。秋天栽菊花比较成功，因为那时节没有多少乱草和它做剧烈的“生存竞争”。这一年以来，厨子稍分余暇来做“开荒”的工作，但是乱草总是比他勤快，随拔随长，日夜不息。如果任我自己的脾胃，我觉得对于园子还是取绝对的放任主义较好。我的理由并不像浪漫时代诗人们所怀想的，并不是要找一个荒凉凄惨的境界来配合一种可笑的伤感。我欢喜一切生物和无生物尽量地维持它们的本来面目，我欢喜自然的粗率和芜乱，所以我始终不能真正地欣赏一个很整齐、有秩序、路像棋盘、常青树剪成几何形体的园子，这正如我不喜欢赵子昂的字、仇英的画，或是一个中年妇女的油头粉面。我不要求房东把后院三间有顶无墙的破屋拆去或修理好，也是因为这个缘故。它要倒塌，就随它自己倒塌去；它一日不倒塌，我一日尊重它的生存权。

园子里没有什么家畜动物。三年前宗岱和我合住的时节，他在北海里捉得一只刺猬回来放在园子里养着。后来它在夜里常做怪声气，惹得老妈见神见鬼。近来它穿墙迁到邻家去了，朋友送了一只小猫来，算是补了它的缺。鸟雀儿北方本来就不多，但是因为几十棵老树的招邀，北方所有的鸟雀儿这里也算应有尽有。长年的顾客要算老鸹。它大概是鸦的别名，不过我没有下过考证。在南方它是不祥之鸟，在北方听说它有什么神话传说保护它，所以它虽然那样的“语言无谓，面目可憎”，却没有人肯剿灭它。它在鸟类中大概是最爱叫苦、爱吵嘴的。你整年都听它在叫，但是永远听不出一点叫声是表现它对于生命的欣悦。在天要亮未亮的时候，它叫得特别起劲，它仿佛拼命地不让你享受香甜的晨睡，你不醒，它也引你做惊惧梦。我初来时曾买了弓弹去射它，后来弓坏了，弹完了，也就只得向它投降。反正披衣冒冷风起来驱逐它，你也还是不能睡早觉。老鸹之外，麻雀甚多，无可记载。秋冬之季常有一种颜色极漂亮的鸟雀成群飞来，形状很类似画眉，不过不会歌唱。宗岱在此时硬说它来有喜兆，相信它和他请铁板神算家所批的八字都预兆他的婚姻恋爱的成功，但是他的讼事终于是败诉，他所追求的人终于是高飞远扬。他搬走以后，这奇怪的鸟雀到了节令仍旧成群飞来。鉴于往事，我也就不肯多存奢望了。

有一位朋友的太太说慈慧殿三号颇类似《聊斋志异》中所常见的故家第宅，“旷废无居人，久之蓬蒿渐满，双扉常闭，白昼亦无敢入者……”但是如果有一位好奇的书生在月夜里探头进去一看，会瞟见一位散花天女，嫣然微笑，叫他“不觉神摇意夺”，如此等情……我本凡胎，无此缘分，但是有一件“异”事也颇堪一“志”。有一天晚上，我躺在沙发上看书，凌坐在对面的沙发上共着一盏灯做针线，一切都沉在寂静里，猛然间听见一位穿革履的女人滴滴答答地从外面走廊的砖地上一步一步地走进来。我听见了，她也听见了，都猜着这是沉樱来了，——她有时踏这种步声走进来。我走到门前掀帘子去迎她，声音却没有了，什么也没有看见。后来再四推测所得的解释是街上行人的步声，因为夜静，虽然是很远，听起来就好像近在咫尺。这究竟很奇怪，因为我们坐的地方是在一个很空旷的园子里，离街很远，平时在房子里绝对听不见街上行人的步声，而且那次听见步声分明是在走廊的砖地上。这件事常存在我的心里，我仿佛得到一种启示，觉得我在这城市中所听到的一切声音都像那一夜所听到的步声，听起来那么近，而实在却又那么远。

1936年8月

资禀与修养

天生的是资禀，造作的是修养；

资禀是潜能，是种子；

修养使潜能实现，使种子发芽成树，开花结实。

资禀不是我们自己力量所能控制的，修养却全靠自家的努力。

拉丁文中有一句名言："诗人是天生的不是造作的。"这句话本有不可磨灭的真理，但是往往被不努力者援为口实。迟钝人说，文学必须靠天才，我既没有天才，就生来与文学无缘，纵然努力，也是无补费精神。聪明人说，我有天才，这就够了，努力不但是多余的，而且显得天才还有缺陷，天才之所以为天才，正在他不费力而有过人的成就。这两种心理都很普遍，误人也很不浅。文学的门本是大开的。迟钝者误认为它关得很严密，不敢去问津；聪明者误认为自己生来就在门里，用不着摸索。他们都同样地懒怠下来，也同样地被关在门外。

美国印象派画家

施尔德・哈森（1859—1935）

《格洛斯特的街道》作于 1896年

从前有许多迷信和神秘色彩附丽在“天才”这个名词上面，一般人以为天才是神灵的凭借，与人力全无关系。近代学者有人说它是一种精神病，也有人说它是“长久的耐苦”。这个名词似颇不易用科学解释。我以为与其说“天才”，不如说“资禀”。资禀是与生俱来的良知良能，只有程度上的等差，没有绝对的分别，有人多得一点，有人少得一点。所谓“天才”不过是在资禀方面得天独厚，并没有什么神奇。莎士比亚和你我相去虽不可以道里计，他所有的资禀你和我并非完全没有，只是他有的多，我们有的少。若不然，他和我们在智能上就没有共同点，我们也就无从了解他、欣赏他了。除白痴以外，人人都多少可以了解欣赏文学，也就多少具有文学所必需的资禀。不单是了解欣赏，创作也还是一理。文学是用语言文字表现思想情感的艺术，一个人只要有思想情感，只要能运用语言文字，也就具有创作文学所必需的资禀。

就资禀说，人人本都可以致力文学；不过资禀有高有低，每个人成为文学家的可能性和在文学上的成就也就有大有小。我们不能对于每件事都能登峰造极，有几分欣赏和创作文学的能力，总比完全没有好。要每个人都成为第一流文学家，这不但是不可能，而且也大可不必；要每个人都能欣赏文学，都能运用语言文字表现思想情感，这不但是很好的理想，而且是可以实现和应该实现的理想。一个人所应该考虑的，不是我究竟应否在文学上下一番功夫（这不成为问题，一个人不能欣赏文学，不能发表思想情感，无疑地算不得一个受教育的人），而是我究竟还是专门做文学家，还是只要一个受教育的人所应有的欣赏文学和表现思想情感的能力?

这第二个问题确值得考虑。如果只要有一个受教育的人所应有的欣赏文学和表现思想情感的能力，每个人只须经过相当的努力，都可以达到，不能拿没有天才做借口；如果要专门做文学家，他就要自问对文学是否有特优的资禀。近代心理学家研究资禀，常把普遍智力和特殊智力分开。普遍智力是施诸一切对象而都灵验的，像一把同时可以打开许多种锁的钥匙；特殊智力是施诸某一种特殊对象而才灵验的，像一把只能打开一种锁的钥匙。比如说，一个人的普遍智力高，无论读书、处事或作战、经商，都比低能人要强；可是读书、处事、作战、经商各需要一种特殊智力。尽管一个人件件都行，如果他的特殊智力在经商，他在经商方面的成就必比做其他事业都强。对于某一项有特殊智力，我们通常说那一项为“性之所近”。一个人如果要专门做文学家就非性近于文学不可。如果性不相近而勉强去做文学家，成功的固然并非绝对没有，究竟是用违其才；不成功的却居多数，那就是精力的浪费了。世间有许多人走错门路，性不近于文学而强做文学家，耽误了他们在别方面可以有为的才力，实在很可惜。“诗人是天生的，不是造作的”这句话，对于这种人确是一个很好的当头棒。

但是这句话终有语病。天生的资禀只是潜能，要潜能成为事实，不能不借人力造作。好比花果的种子，天生就有一种资禀可以发芽成树、开花结实，但是种子有很多不发芽成树、开花结实的，因为缺乏人工的培养。种子能发芽成树、开花结实，有一大半要靠人力，尽管它天资如何优良。人的资禀能否实现于学问事功的成就，也是如此。一个人纵然生来就有文学的特优资禀，如果他不下功夫修养，他必定是苗而不秀，华而不实。天才愈卓越，修养愈深厚，成就也就愈伟大。比如说李白、杜甫对于诗不能说是无天才，可是读过他们诗集的人都知道这两位大诗人所下的功夫。李白在人生哲学方面有道家的底子，在文学方面从《诗经》《楚辞》直到齐梁体诗，他没有不费苦心模拟过。杜诗无一字无来历为世所共知。他自述经验说，“读书破万卷，下笔如有神”。西方大诗人像但丁、莎士比亚、歌德诸人，也没有一个不是修养出来的。莎士比亚是一般人公评为天才多于学问的，但是谁能测量他的学问的深浅？医生说，只有医生才能写出他的某一幕；律师说，只有学过法律的人才能了解他的某一剧的术语。你说他没有下功夫研究过医学、法学，等等？我们都惊讶他的成熟作品的伟大，却忘记他的大半生精力都费在改编前人的剧本，在其中讨诀窍。这只是随便举几个例。完全是“天生”的而不经“造作”的诗人，在历史上却无先例。

孔子有一段论学问的话最为人所称道：“或生而知之，或学而知之，或困而知之，及其知之一也。”这话确有至理，但亦看“知”的对象为何。如果所知的是文学，我相信“生而知之”者没有，“困而知之”者也没有，大部分文学家是有“生知”的资禀，再加上“困学”的功夫，“生知”的资禀多一点，“困学”的功夫也许可以少一点。牛顿说："天才是长久的耐苦。"这话也须用逻辑眼光去看，长久的耐苦不一定造成天才，天才却有赖于长久的耐苦。一切的成就都如此，文学只是一例。

天生的是资禀，造作的是修养；资禀是潜能，是种子；修养使潜能实现，使种子发芽成树，开花结实。资禀不是我们自己力量所能控制的，修养却全靠自家的努力。在文学方面，修养包涵极广，举其大要，约有三端：

第一是人品的修养。人品与文品的关系是美学家争辩最烈的问题，我们在这里只能说一个梗概。从一方面说，人品与文品似无必然的关系。魏文帝早已说过："古今文人类不护细行。"刘彦和在《文心雕龙·程器》篇里一口气就数了一二十个没有品行的文人，齐梁以后有许多更显著的例，像冯延巳、严嵩、阮大铖之流还不在内。在克罗齐派美学家看，这也并不足为奇。艺术的活动出于直觉，道德的活动出于意志；一为超实用的，一为实用的，二者实不相谋。因此，一个人在道德上的成就不能裨益也不能妨害他在艺术上的成就，批评家也不应从他的生平事迹推论他的艺术的人格。

但是从另一方面说，言为心声，文如其人。思想情感为文艺的渊源，性情品格又为思想情感的型范，思想情感真纯则文艺华实相称，性情品格深厚则思想情感亦自真纯。"仁者之言蔼如""诐辞知其所蔽"，屈原的忠贞耿介，陶潜的冲虚高远，李白的徜徉自恣，杜甫的每饭不忘君国，都表现在他们的作品里面。他们之所以伟大，就因为他们的一篇一什都不仅为某一时会即景生情偶然兴到的成就，而是整个人格的表现。不了解他们的人格，就决不能彻底了解他们的文艺。从这个观点看，培养文品在基础上下功夫就必须培养人品。这是中国先儒的一致主张，“文以载道”说也就是从这个看法出来的。

人是有机体，直觉与意志，艺术的活动与道德的活动恐怕都不能像克罗齐分得那样清楚。古今尽管有人品很卑鄙而文艺却很优越的，究竟是占少数，我们可以用心理学上的“双重人格”去解释。在甲重人格（日常的）中一个人尽管不矜细行，在乙重人格（文艺的）中他却谨严真诚。这种双重人格究竟是一种变态，如论常例，文品表现人品是千真万确的事实。所以一个人如果想在文艺上有真正伟大的成就，他必须有道德的修养。我们并非鼓励他去做狭隘的古板的道学家，我们也并不主张一切文学家在品格上都走一条路。文品需要努力创造，各有独到，人品亦如此，一个文学家必须有真挚的性情和高远的胸襟，但是每个人的性情中可以特有一种天地，每个人的胸襟中可以特有一副丘壑，不必强同而且也决不能强同。

其次是一般学识经验的修养。文艺不单是作者人格的表现，也是一般人生世相的返照。培养人格是一套功夫，对于一般人生世相积蓄丰富而正确的学识经验又另是一套功夫。这可以分两层说：一是读书。从前中国文人以能熔经铸史为贵，韩愈在《进学解》里发挥这个意思，最为详尽。读书的功用在储知蓄理，扩充眼界，改变气质。读的范围愈广，知识愈丰富，审辨愈精当，胸襟也愈恢阔。在近代，一个文人不但要博习本国古典，还要涉猎近代各科学问，否则见解难免偏蔽。这事固然很难。我们第一要精选，不浪费精力于无用之书；第二要持恒，日积月累，涓涓终可成江河；第三要有哲学的高瞻远瞩，科学的客观剖析，否则食而不化，学问反足以梏没性灵。其次是实地观察体验。这对于文艺创作或比读书还更重要。从前中国文人喜游名山大川，一则增长阅历，一则吸纳自然界瑰奇壮丽之气与幽深玄渺之趣。其实这种“气”与“趣”不只在自然中可以见出，在一般人生世相中也可得到。许多著名的悲喜剧与近代小说所表现的精神气魄正不让于名山大川。观察体验的最大的功用还不仅在此，尤其在洞达人情物理。文学超现实而却不能离现实，它所创造的世界尽管有时是理想的，却不能不有现实世界的真实性。近代写实主义者主张文学须有“凭证”，就因为这个道理。你想写某一种社会或某一种人物，你必须对于那种社会那种人物的外在生活与内心生活都有彻底的了解，这非多观察多体验不可。要观察得正确，体验得深刻，你最好投身他们中间，和他们过同样的生活。你过的生活愈丰富，对于人性的了解愈深广，你的作品自然愈有真实性，不致如雾里看花。

第三是文学本身的修养。“工欲善其事，必先利其器。”文学的器具是语言文字。我们第一须认识语言文字，其实须有运用语言文字的技巧。这事看来似很容易，因为一般人日常都在运用语言文字；但是实在极难，因为文学要用平常的语言文字产生不平常的效果。文学家对于语言文字的了解必须比一般人都较精确，然后可以运用自如。他必须懂得字的形声义，字的组织以及音义与组织对于读者所生的影响。这要包含语文学、逻辑学、文法、美学和心理学各科知识。从前人做文言文很重视小学（即语文学），就已看出工具的重要。我们现在做语体文比较做文言文更难。一则语言文字有它的历史渊源，我们不能因为做语体文而不研究文言文所用的语文，同时又要特别研究流行的语文；一则文言文所需要的语文知识有许多专书可供给，流行的语文的研究还在草创，大半还靠作者自己努力去摸索。在现代中国，一个人想做出第一流文学作品，别的条件不用说，单说语文研究一项，他必须有深厚的修养，他必须达到有话都可说出而且说得好的程度。

运用语言文字的技巧一半根据对于语言文字的认识，一半也要靠虚心模仿前人的范作。文艺必止于创造，却必始于模仿，模仿就是学习。最简捷的办法是精选范文百篇左右（能多固好；不能多，百篇就很够），细心研究每篇的命意、布局、分段、造句和用字，务求透懂，不放过一字一句，然后把它熟读成诵，玩味其中声音节奏与神理气韵，使它不但沉到心灵里去，还须沉到筋肉里去。这一步做到了，再拿这些模范来模仿（从前人所谓"拟"），模仿可以由有意的渐变为无意的，习惯就成了自然。入手不妨尝试各种不同的风格，再在最合宜于自己的风格上多下功夫，然后融合各家风格的长处，成就一种自己独创的风格。从前做古文的人大半经过这种训练，依我想，做语体文也不能有一个更好的学习方法。

以上谈文学修养，仅就其大者略举几端，并非说这就尽了文学修养的能事。我们只要想一想这几点所需要的功夫，就知道文学并非易事，不是全靠天才所能成功的。

旅英杂谈

狄更生在他的《东方文化》里面仿佛说过，
印度人受英国人统治是人类一个顶大的滑稽，
因为世界最没有能力了解印度文化的莫如英国人。
狄更生自己也是一个英国人，能够有这种卓见，真是难能可贵。

一

记得美人斯蒂芬教授在他的《英伦印象记》里仿佛说过，英国大学生的学问不是从教室，而是从烟雾沉沉的吃烟室里得来的，因为教授们在安安泰泰地衔着烟斗躺在沙发椅子上的时候，才打开话匣子，让他们的思想自然流露出来。这番话固然不是毫无根据，但是对于大多数大学校中之大多数学生，这还仅是一种理想。私课制（tuition system）固然是英国大学的一个优点，不过采行这种制度而名副其实的只有牛津、剑桥一两处；就是这一两处也只有少数贵族学生能私聘教员，在课外特别指导。其余一般大学授课多只为一种有限制的公开演讲。每班学生数目常自数十人以至数百人，教员如何能把他们个个都引在吸烟室里从容讨论？好在英国几个第一流的大学所请的教授大半很有实学，平时担任钟点很少，他们的讲义确是自己研究的结果，不像一般大学教授的讲义只是一件东抄西袭的百衲衫。每科尝有所谓荣誉班（honours course），只有在普通班卒业而成绩最优的才得进去，所以学生人数少，和教员接洽的机会较多，荣誉班正式上课时也不似寻常班之听而弗问，往往取谈话的方式。荣誉班卒业并不背起什么博士头衔。所谓博士，其必要的条件只是在得过寻常班学位以后再住校两年，择一问题自己研究，然后做一篇勉强过得去的论文，缴若干考试费，就行了。固然也有些人真是“博”才得到这种头衔，可是不“博”而求这种头衔，似乎也并不要费什么九牛二虎之力。

二

年来国内学生入党问题，颇惹起教育界注意。我对此也曾略费思索，来英后所以特别注意他们学生和政党的关系。在中小学校，我还没有听见学生加入政党。可是在各大学里，各政党都有支部，多数学生都各有各的政党，各政党支部的名誉总理大半是本党领袖。他们常定期举行辩论，或请本党名人演讲。有时工党与守旧党学生互举代表做联席辩论，仿佛和国会议事一般模样。英国本是一个党治的国家，党的教育所以较为重要。他们所谓党的教育不外含有两种任务：一、明了本党党纲与政策，二、练习辩论和充领袖的能力。实际政治有他们的目前的首领去管，不用他们去参与。学校对于学生党的教育——对于一切信仰习惯——都不很干涉，因为有已成的风气在那里阴驱潜率，各政党支部都可以明张旗鼓，惟共产党还要严守秘密——英国大学校也有共产党的踪迹了。近来牛津大学有两个共产党学生暗地鼓动印度学生做独立运动，被学校知道了，校长就限他们自认以后在校内不再宣传共产，否则便请他们出校。学生会工党学生开会议请校长收回成命，只有一百几十人赞成，占少数，没有通过。那两个学生只好去向校长声明："我们以后三缄其口罢！"

三

初来此时，遇见东方人总觉亲热一点。有一天上文学班，去得很早，到的还寥寥，跨进门一看，就看见坐在最前排的是两个东方人。有一位是女子，向我略颔首致敬——因为知道我也是从东方来的。我就坐在她旁边那位男子的旁边。他戴了一副墨晶眼镜，仿佛在那儿有所思索，没有注意到我的样子。我就攀问道："先生，你是从日本来的，还是从中国来的？"他说是从日本来的。以后我们就常相往来，他们有时邀我去尝日本式的很简朴的茶点，从谈话中我才知道这两位朋友经历过许多悲壮的历史。

那位戴墨晶眼镜的原来是一个盲目者，而跟着他的女子就是他的妇人。她在英国是一个哑子——不能说英文。岩桥武夫君——这是他的姓名——从日本大阪跨过印度洋、地中海，穿过巴黎、伦敦，进了爱丁堡大学，每天由课堂跑回寓所，由寓所再跑到课堂，都是赖着他的不能说英文的妇人领着。

他生来本不盲目。到了二十岁左右时患了一种热病，病虽好而眼睛瞎了。从前他在学校里是以天才著名的，文学是他的夙好。失明以后，他就悲观厌世，有一年除夕，他在厨房里摸得一把刀子，就设法去自杀。他的母亲看见了——他是他慈母唯一的爱儿——用种种的话来劝慰他。由来世间母亲的恩爱与力量是不可抵御的，于是岩桥武夫君立刻转过念头，决计从那天起重新努力做人。他进了盲哑学校，毕业后在母校里服务过，现在来英国研究文学。

他很有些著作，最近而且最精心结构的叫做《行动的坟墓》。这个名称是用密尔敦诗中moving grave的典故。这书仿佛是他的自传。我不能读日本文，不知道它的价值。

岩桥武夫君和爱罗先珂是很好的朋友。爱罗先珂到日本，就寓在他的家里。他们都是盲目的天才，而且都抱有一种世界同仁的理想，同声相应，所以吸引到一块。日本政府怕爱罗先珂是“危险思想”的宣传者，把他驱出日本，岩桥武夫君曾抗议过，但是无效。

他的妇人原来是一个神道教信徒，前半生都费在慈善事业方面。她嫁给岩桥武夫君帮助他求学著书，纯是出于弱者的同情。岩桥武夫做文章，都是由她执笔。她对于日本文学很有研究的。

岩桥武夫是一个寒士。卖尽家产做川资，学费是由大阪《每日新闻》社和朋友资助的。他的老母现在还在日本开一个小纸笔店过生活。

四

一般人想象里的英国大半是一个家给人足的乐土，实际上他们能够过舒服日子的恐怕不到五分之一。能够在矿坑里捉一把锄头，在工厂里掌一个纺织机，或者在旅馆、商店里充一个使役，还是叨天之庥的。许多失业的人，其生活之苦，或较中国穷人更甚。因为中国最穷的有几个铜子，便可勉强敷衍一天的肚皮。在欧洲生活程度高，几个铜子是买水就不能买火，买火就不能买水的。向来中国人自己承认对于衣食住三件，最不讲究的是住。西洋房屋建筑比中国的确实强得几倍。但是以有限资本盖房子，要好就不能多。有一天我听一位工党议员演说，攻击守旧党政府对于住室问题漠不关心。他说只就苏格兰说，二十人住一间房子的达数千家，十人住一间房子的达数万家。我初听了颇骇异。后来到穷人居的部分去看看，才晓得那位工党议员不是言之过甚。我自然不能走进他们房子里去调查。不过在很冷的冬天，他们女子们、小孩子们千百成群地靠看街墙或者没精打采地流荡，大概总是因为房子里太挤的原故。西洋人以洁净著名，可是那般穷人也是脏得不堪。

英国的乞丐比较的来得雅致。有些乞丐坐在行人拥挤的街口，旁边放一块纸板，上面大半写着“退伍军士，无工可做，要养活妻子儿女，求仁人帮助”一类的话。有些奄奄垂毙的老妇，沿街拉破烂的手琴，或者很年轻的少年手里托着帽子，拖着破喉嗓子唱洋莲花落。还有一种乞丐坐在街头用五彩粉笔，在街道上画些山水人物，供行人观赏。这些人不叫乞丐，叫做“街头美术家”（pavement artists）。他们有些画得很好，我每每看见他们，就立刻联想到在上海看过的美术展览会。

五

要知道英国人情风俗，旁听法庭审判，可以得其大半。中国人所想得到的奸盗邪淫，他们也应有尽有。有时候法官于审问中插入几句诙谐话，很觉得逸趣横生。罪过原来是供人开玩笑的，何况文明的英国人是很欢喜开玩笑的呢？近来有一个人为着向他已离婚的妇人索还订婚戒指，打起官司来了，律师引经据典地辩论，说伊丽莎白后朝某一年有一个先例，法庭判定订婚戒指只是一种有条件的赠品。那一个法官接着说：“那年莎士比亚已经有十岁了。”后来那个妇人说她已经把戒指当去了。法官含笑问道：“当去了吗？好一篇浪漫史，让你糟蹋了！”英国向例，凡替罪犯向法庭取保的人应有一百镑的财产。去冬轰动一时的十二共产党审讯，其中有一个替人取保的就是鼎鼎大名的萧伯纳，法庭书记问萧氏道：“你值得一百镑么？”萧氏含笑答道：“我想我值得那么多哩。”两三个月以前，伦敦哈德公园发现一件风流案，他们也喧扰了许久。有一天哈德公园的巡警猛然地向园角绿树荫里用低微郑重的声调叫道：“你们犯了法律，到警厅去！”随着他就拘起两个人带到法庭去审问。那两个有一位是五十来岁光景的男子，他的名字叫Sir Basil Thomson，他是一个有封爵的，他是一个著作者，他是伦敦警察总监。别的那一位是每天晚上在哈德公园闲逛的女子中之一。汤姆逊爵士说，他近来正著一本关于犯罪的书，那一晚不过是到哈德公园去搜材料，自己并没有犯罪。那位女子承认得了那位老人五个先令，法官转向汤姆逊爵士说："你五个先令可以敷衍她，法庭可是非要五镑不可！"汤姆逊请了最著名的律师上诉，但是他终于出了五镑钱。

六

英国报纸不载中国事则已，载中国事则尽是些明讥暗讽，遇战争发生，即声声说中国已不能自己理会自己了，非得列强伸手帮助不行。遇群众运动，即指为苏俄共产党所唆使。提到冯玉祥，总暗敲几句，因为他反对外人侵略。提到香港罢工，总责备广东政府不顺他们的手。伦敦《每日电闻》驻北京的通讯员兰敦（Perceval Landon）尤其欢喜说中国坏话。英国一般民众的意见，都是在报纸上得来，所以他们头脑里的中国只是一锅糟。英国政府对待中国的政策，是外面讨好，骨子里援助军阀以延长内乱，抵制苏俄。他们现在不敢用高压手段激动中国民气，因为他们受罢工抵制的损失很不小。专就香港说，去年秋季入口货的价值由一千一百六十七万四千七百二十镑减到五百八十四万四千七百四十三镑；出口货价值由八百八十一万六千三百五十七镑减到四百七十万五千一百七十六镑。

总计要比向来减少一大半。听说香港政府现在已经很难支持，专赖英国政府借款以苟延残喘。如果广东人能够照现在的毅力维持到三年，香港恐怕会还到它五十年前的面目罢！

《泰晤士报》有一天载惠灵敦在北京和各界讨论庚子赔款用途，中国人士都赞成用在建筑铁路方面，不很有人主张用于教育的。听来真有些奇怪！这还是北京军阀官僚作祟，还是英国人的新闻蛊惑？总而言之，中国自己在外国没有通讯社，中国的新闻全靠外国人传到外国去，外交永远难得顺手的。

七

“欧战”结局后，各国都把战争的罪过摆在德国人肩上，凡尔赛会议，列强居然以德国负战争之责，形诸条约明文。近来欧洲舆论逐渐变过方向。他们渐渐觉悟“欧战”的祸首，不能完全说是德国，而造成战前紧张空气的各国都要分担若干责任，战前欧洲形势好比箭在弦上不得不发。德国纵不开衅，战争也是必然的结局。去冬英国著名学者像罗素、萧伯纳、韦尔斯、麦克唐纳数十人共同发表了一封公开信，就是说德国不应该独负开衅的责任，而《凡尔赛条约》不公平。同时法国学者也有类似的举动。至于欧洲政治家有没有这种觉悟，我们却不敢断定。不过德国现在逐渐恢复起来了，它不受国际联盟限制军备的约束，英法各国总有些不放心，所以去冬德法英比意各国订了《洛卡罗条约》（Locarno Protocol），主旨就在法撤鲁尔住兵，德承认《凡尔赛条约》所划界线，以后大家互相保障不打仗，都受国际联盟的仲裁。要实行这个条约，德国自然不能不加入国际联盟，它也是一个大国，加入国际联盟，当然要和英法日意占同等位置，要在委员会里占一永久席。

可是这里狡滑的外交手段就来了。斡旋《洛卡罗条约》的人是英国外交总理张伯伦。《洛卡罗条约》成功，英国人自以为这一次在欧洲外交上做了领袖，欢喜得了不得，于是张伯伦君一跃而为张伯伦爵士。哪一家报纸不拍张伯伦爵士（Sir Chamberlain）的马屁！

谁知道张伯伦爵士落到法国白利安（Birand）的灵滑的手腕里去了！法国很欢喜德国承认《凡尔赛条约》割地，可是不欢喜德国在国际联盟委员会里占重要位置，所以暗地设法拉波兰、西班牙要求和德国同时得委员会永久席。白利安是把张伯伦君——那时还是张伯伦君——请到巴黎去，七吹八弄地把张伯伦迷倒了，叫他立约援助波兰、西班牙的要求。双方都严守秘密。到了国际联盟开特别会，筹备盛典，欢迎德国加入的时候，于是波兰的要求提出来了，法国报纸众口一词地赞成波兰的要求。大家都晓得英国外交向来是取联甲抵乙的手段。波兰、西班牙以法国援助而得永久席，当然以后要处处和法国一鼻孔出气，英国势力当然要减弱。况且德国看法国拉小国来抵制它，也宁愿不加入国际联盟，不愿做人家的傀儡。英国民众报纸家家都说，“让德国进来以后，再商议波兰的要求罢！”可是张伯伦已经私同白利安约好了，哑子吃黄连，如何能叫苦？他们无处发气，只在报纸上埋怨白利安是滑头，张伯伦是笨伯。于是张伯伦爵士又一变而为麦息尔张伯伦（Mousieur Chamberlain，依法国人的称呼称他）。

英姿飒爽的张伯伦爵士那里能受人这样泼冷水？他于是自告奋勇去戴罪立功，到日内瓦再出一回风头。这一次日内瓦的把戏真玩足了。英德利用瑞典叫它反对波兰加入。法国嗾波兰、西班牙要求与德国同时得永久席。意大利嗾布鲁塞尔做同样要求，大家都不肯放松一点。于是德国被选为永久委员的提议就搁起到今年九月再议。最后开会，各国代表都说些维持和平，促进文化，国际亲善的话。法国白利安说得尤其漂亮——他是最会说漂亮话的——说法国人对德国人多么真心，德国多么伟大，将来谋国际和平，少不得德国鼎力帮助的，如此如彼地说了一大套。德国总理斯特来斯曼于是站起来感谢白利安说：“法国总理向来没有对德国说得这样好呀！”

八

二十世纪之怪杰，首推列宁，其次就要推墨索里尼（Mussolini）。墨氏起家微贱，由无赖少年而变为小学教员，由小学教员而变为流荡者，由流荡者而变为新闻记者，由新闻记者而变为法西斯（Fascists，似乎有人评作烧炭党）领袖，由法西斯领袖而变为意大利的笛克推多，将来他再由意大利笛克推多而变为全欧之执牛耳者，也很是意中事。

他是法西斯的创造者。法西斯主义是苏俄共产主义的反动，是极狭义的国家主义，是极端专制主义，社会本来不平等，各人应该保持原有利益。无论如何，革命是要不得的。世界尽管讲大同，意大利可是要极力提倡爱国。遇着不赞成法西斯主义的人，要用“直接行动”，所谓直接行动，就不外驱逐、暗杀。

墨索里尼说太阳从西方起山，全意大利人就不得说是从东方。意大利国会之多数法西斯，不过由五个领袖指派的。少数反对党都让他们拳打脚踢，抛出窗子外面去了。意大利著名的报纸一齐封闭起来了。反对法西斯的人物有的放逐，有的遭暗杀了。墨索里尼虽如此专制，然而意大利多数人民都承认他是继马志尼而为意大利之救星。

墨索里尼不是专横以外，别无他长。他是最著名的演说者，最能干的行政者，最伶俐的外交家。意大利本来是国际联盟一分子，但是墨索里尼现在还暗中接合南欧诸拉丁民族另外订一个联盟，以抵制英德诸国。德国近来想再和奥国联邦，墨索里尼明目张胆地说，意大利的旗帜是很容易背到北方去的，如果德奥真要搭伙。

大家还不明了墨索里尼的野心吗？我还忘记说，墨索里尼每次到国会演说所穿的魁梧奇伟的军装，不是他自己的，是用重金向古董店买来的，是威廉第二的。

九

英国从小学到大学，都有不强迫的军事教育。中小学有学生军

（cadet corps），大学有军官教练团（officiers training corps）。这些团体都直接归陆军部管辖，一切费用都由政府供给。陆军部每年派员延阅一两次。各校常举行竞赛，得胜利者有重奖，大家都以为极荣耀。

这些组织与童子军完全不同。童子军的主旨在养成博爱、耐苦诸精神，而学生军与军官教练团则专重军事上的知识与技能。其组织训练与军营无差别。炮、马、步、工、辎，色色俱全。他们除定期演讲军事学以外，常举行战事实习，如战斗、营造、救济，等等。每年还打几次行营。欧战中，英国教员、学生因为平时有这种军事训练，所以能直接赴前线应敌，可见得他们学校里的军事教育并非儿戏。

这种军事教育虽非强迫的，而政府则多方引诱学生入彀。第一层，想做军官的人要持有军官教练团的甲等证书。持有乙等证书的人投军觅官也比寻常士卒有六个月的优先权。第二，学生入学生军或军官教练团，不用花钱，可以穿漂亮的军服，骑高大的军马，每年在野外打几礼拜的行营，可白吃伙食。

凡是英学生身体强壮而守规则的都可以入。外国学生绝对不得进去。印度人本名隶英籍，与英、苏、爱同处不列颠帝国徽帜之下，可是许多印度学生向学校交涉，向英政府印度事务部交涉，请求进军官教练团学习，也都被拒绝。印度学生说："在战争中，英国以不列帝国国民名义拉印度人去当冲，在和平时怎么要忘记印度人也应该受同等训练？"学校当局说："这是陆军部的事，我们不便过问。"陆军部说："这是印度事务部的事，你们不应该直接到此地请求。"印度事务部说："关于军事，印度事务部管不到。"于是印度学生只好叹口气就默尔而息了。

十

西方人种族观念最深。在国际政治外交方面，拉丁民族国家与条顿民族国家之接合排挤的痕迹固甚显然；而只就英伦三岛说，爱尔兰固以种族宗教的关系而独立自由了，就是苏格兰与英格兰在政治上虽属一国，而地方风气与人民癖性都各各不同。苏格兰自有特别法律，自有特别宗教，自有特别教育系统。苏格兰人民没有自称为英国人的。假若遇见地方主义很深的苏格兰人，你问他是否英国人，他一定不欢喜地回答说："不是，我生在苏格兰，我长在苏格兰，我是一个苏格兰人。"有一次我听一位阁员在爱丁堡演说，津津说明英苏之不宜分立。苏格兰与英格兰合并已三百多年了，现在还有把合并的理由向民众宣传之必要，可见得这两个地方的人民还是貌合神离了。

苏格兰人似我们的北方人，比较南方的英格兰人似乎诚实厚重些。相传爱尔兰人最滑稽。有一次一位英格兰人和一个苏格兰人在爱尔兰游历，看见路上有一个招牌说："不识字者如果要问路，可到对面铁匠铺子里去。"那位英格兰人捧腹大笑，而苏格兰人则莫名其妙。他回到寓所想了一夜，第二天很高兴地向英格兰人说："我现在知道昨天看的招牌实在是可笑。假如铁匠不在铺子里，还是没有地方可以问路呀！”这个故事自然未免言之过甚，但是苏格兰人之比较的老实，可见一斑了。

十一

一国的文化程度的高低，可以从民众娱乐品测量得出来。中国民众的趣味太低，烟酒、牌骰、娼妓、皮黄戏以外别无娱乐，自是一件不体面的事，可是西方人虽素以善于娱乐著名，而考其实际，和中国人也不过是鲁卫之政，他们上等社会中固然不乏含有艺术意味的娱乐，但是这占极少数，而大多数民众也只求落得一个快乐，顾不到什么雅俗。在他们的街上走，五步就是一个纸烟店或糖果店，十步就是一个烧酒店或影戏院。糖果店是女子们、小孩们最欢喜光顾的，每家糖果店门前，像装饰品店门前一样，总常有女子们、小孩们看着奇形异彩的糖果发呆。他们的腰包也许不十分充裕，不过站着看看也了却不少心愿。烟酒是无分等级、老幼，都是普通嗜好，就是女子们抽烟、喝酒也并不稀奇。他们的酒店，只卖酒不卖下酒品。吃酒的人只站在柜台前，一灌而尽。在街上碰着醉汉是一件常事。影戏院的生意更好。失业者每礼拜只能向政府领五先令养活夫妻儿女，饭可以不吃，影戏却不能不看。影戏院所演的片子都不外恋爱、侦探的故事，只能开一时之心火，决谈不上艺术价值。戏院是比较体面的人们所光顾的。可是所演戏剧大半是些诙谐作品，杂以半裸体的跳舞。像萧伯纳、高尔斯·华绥的作品是不常扮演的。

礼拜六晚，大家刚御下六天的苦工，准备明天安息，是最放肆的一晚。娱乐场的生意在这一晚特别发达。青年男女们大半都聚在汗气脂粉气混成一团的跳舞场里，从午后七八点跳到夜间一两点钟。夜深人静了，他们才东西分散，回去倒在床上略闭眼蒙眬过，便到了礼拜上午，于是又起来打扮，到礼拜堂去听牧师演讲“礼拜日的道德”（sunday morality）。

这便是英国民众的娱乐。说抽象一点，他们的低等欲望很强烈，寻不着正当刺激，于是不得不求之于烟、于酒、于影戏院、于跳舞场。你说这是他们善于娱乐的表现，自无不可。然而你说这是文化之病征，也不见得大背于真理。

十二

狄更生（Louis Dickinson）在他的《东方文化》里面仿佛说过，印度人受英国人统治是人类一个顶大的滑稽（irony），因为世界最没有能力了解印度文化的莫如英国人。狄更生自己也是一个英国人，能够有这种卓见，真是难能可贵。英国本也有它的特殊文化，可是从社会里没有看到这种文化所生的效果，我们不能不感叹三四千年佛化的领域逐渐为盎格鲁-萨克逊颜色所污染，总是现代人类的一个奇耻大辱。

印度人在他们自己的国土以内受如何待遇，我是不知道的。印度学生在英国所受的待遇，我却见闻一二。他们本是英籍人民（British subjects），照理应与英国学生受同等待遇。不过我听见印度学生学医的说，他们简直没有机会在医院里临诊，学工的说，他们也难找得工场去实习。大学里军官教练团，是绝对不允许他们进去的。最不公平的就是许多跳舞场都不卖票给印度学生。有一位印度女生住在大学女生宿舍里三四年之久，同住的人很少肯同她谈话。英国人心目中怎样看印度人，不难想见了。

印度学生自然也有许多败类。有许多学生因为受了英国教育的影响，其最大目的只在学一种技艺，将来可以在英国人脚下寻一个饭碗。我曾经遇见一个学文学的印度学生，问他欢喜泰戈尔的诗不？他答得很简单："我没有读过。"有一次，一个印度学生在会场里问我："中国到底还有政府么？"我听见了，心里替他感伤比替自己感伤还要利害。

但是印度是一个伟大的民族，她的伟大在异族凌虐的轭下还没有完全沉没，许多印度学生天资都很聪明，他们的国家思想也很浓厚。红头巾下那一副黑大沉着的面孔含有无限伤感，也含有无限抵抗的毅力。

拜伦诗人因为景仰希腊文艺，在土尔其侵犯希腊时，他立刻抛开他的稿本，提刀帮助希腊人抵御土尔其。偶尔想到先贤的风徽，胸中填了满腔的惭愧！

十三

有许多名著，初读之往往大失所望。我读莎士比亚的《哈姆雷特》，曾经开卷数次，每次都是半途而废。最后好容易把它读完了，可是所得的印象非常稀薄。莎翁号称近代第一大剧家，而《哈姆雷特》又是他的第一部杰作，可是一眼看去，除着几段独语以外，实无若何奇特。读莎翁著作的人们大概常有同样感想。

近来看过名角福兰般生班（Sir Frank Benson）排演这本悲剧，我才逐渐领略它的好处。福兰般生自己扮鬼，而扮哈姆雷特的则为菲列浦。本来近日英国剧场最流行的是谐剧，表演莎士比亚的剧时，观者人数寥寥。在萧疏冷落的场中，剧中所呈现的种种人世悲欢，乃益如梦境。到兴酣局紧时，邻座女子至于歔欷呜咽，这本戏动人的力量可以想见了。

拿剧本当作一部书读，根本就大错特错。读莎氏剧本而不能领略其美的人，大半都误在专从文字着眼，而没有注意到言外之意。戏剧的优劣决不能专从文字方面判定。比方王尔德的剧本，把它当着书读，多么流利生动。可是在剧台表演起来，便成了一种谈话会，好像出了气的烧酒，索然无味。洪深君所改译扮演的《少奶奶的扇子》是一个难能可贵的成功，我看过原剧，还不如改译扮演的生动。

莎氏剧本不易领会，还另有一层原因。大半读文学作品的人常有一种怪脾气，总欢喜问："这本作品主义在什么地方？"他们在莎氏剧本中寻不出主义，便以为这无异于寻不出价值。这是"法利赛人"的见解。艺术的使命在表现人生与自然，愈客观，则愈逼真。把作者自己的主义加入以渲染一切，总不免流于浅狭。我们绝对不可以拿易卜生做标准去测量莎士比亚。易卜生是一位天才，学他以戏剧宣传主义的人，总不免画虎类狗。

易卜生太注重主义，所以他的剧本太缺少动作。他不同于——我不敢一定说他比不上——莎士比亚的就在此。可是有一点易卜生与莎氏相同而为王尔德一般人所望尘莫及的，他们表现性格，都能藏锋潜转。什么叫做藏锋潜转呢？就是在规定时间以内，主要角色的性格常经过剧烈变动。这种变动含有内在的必然性（inner-necessity），在明文中只偶一露出线索。粗心地看去，常使人觉得剧中主角何以突然发生某种行动，与原委不相称。可是仔细看去，便能发见这种变动在事前处处都藏有线索的。看娜拉对她丈夫的态度变迁，哈姆雷特对他爱人莪菲丽雅的态度变迁，便会明白这个道理。

我们不能把《哈姆雷特》当作一本书读，也不能把它只当作一本戏看。《哈姆雷特》是一部悲剧，而上品的悲剧都是上品的诗。看《哈姆雷特》不能看出诗意来，便完全没有领会得这本悲剧的美。哈姆雷特的独语，都是好诗，自不消说。其他如鬼的现形，莪菲丽雅的病狂，掘圹者的谈话，哈姆雷特的死，那几段多么耐人寻味！

莎翁剧本里面无主义，无宗教。怪不得托尔斯泰研究了几十年，而最后评语只是莎翁徒虚誉，实无所有，我虽景仰托尔斯泰，然而说到莎士比亚，我比较的相信歌德。著《维特》的人自然比较任何人都更了解《哈姆雷特》，因为这两本书不都是替天下无数的少年说出了说不出的衷曲么？（我没有看过田汉君的译文，但是我以为形骸可译而精神是不可译的。）

十四

莎士比亚的故居在埃文河上之斯特拉特福镇（Stratford-on Avon）。这个镇上有一个很大的戏园，专是为纪念他而建筑的。今年这个戏园被火烧了。他们现在募金，预备建筑一个规模更大的戏园。

莎翁的生日为4月23日。每年逢到这关，英国人士在斯特拉特福镇举行庆祝盛典，凡在英国的外国公使及著名人物大概都来与会。今年是莎翁的第三百六十二周年纪念。因为筹备新戏园的缘故，特别热闹。向例，在这天行礼的时候，各国公使都把本国国旗张开以表敬意。这次当苏俄红旗张开时，群众中有许多叫“羞”的，从此可见得英人排俄的剧烈了。原来在未开会之前，就有许多人提议不准俄使列席，不准张俄国旗，这个消息早就登在伦敦各报上，俄使自然看过。可是俄使麦斯克置若罔闻，临时还是赴会。他所携的花圈上特别系一条很长的红绢，表示苏俄的颜色。这本是一件小事，但是可以见出英国人的气量。不知莎翁如果有灵，应该作何感想？在我看来英国人向来可以自豪的似乎都逐渐成为历史了。

（载《一般》第一卷第一期 1926年9月，第二期 1926年10月）

鸵鸟埋头的老故事

鸵鸟是典型的不肯正视事实者，

不肯正视事实，就要在自欺中找自慰。

可是鸵鸟瞒得过自己，却瞒不过追捕它的猎人。

事实也永远在那里，歪曲事实来自欺或是欺人都无济于事，

那事实终于要成为无情的猎人。

关心这次东北战事的人们，在报纸上注意官方的报导，常发现到前后矛盾，而这所谓“前后”相隔往往不过三五天。姑举两例：一是郑洞国的生死之谜。长春失陷的那几天，我们天天看到郑洞国致中央的电，一再表示“成仁”的决心，中央社也发表过他果然“成仁”的消息，刊出他的小传，上海各界甚至准备开追悼会。可是转眼之间人们又在无线电中听到郑洞国亲自报告说他还是活着，而官方报导也吞吞吐吐地承认他已被“生俘”。另一例却远比这个更重要，就是东北战事的重要性问题。战事具体化之先，报上一再说总统莅平，对于东

北战局将有重要性的决定。接着就是大量新军源源北上的消息，报纸把这增援写得特别浩浩荡荡，说这次是“主力战”，说这一战“对于北方局面有决定性”，它是整个战事的“转捩点”“残共不难一举就歼”。可是“言犹在耳”，猛然又听到东北战事“失利”了，而且最高当局正式宣告中外，说东北战事的“失利”并“无关重要”！

我们本来也可以假想东北的陷落“无关重要”，可是在再三听说它极端重要之后，忽然又听说它“无关重要”，总不免有迷惑之感。我们是被看成小孩子来任意开玩笑呢？还是作宣传工作的人们自己太健忘呢？这种“出尔反尔”的事例我们已遇到太多了，我们所认为严重的，倒不在宣传伎俩的幼稚，而在他们表现不肯正视事实的那种心理的孱弱。

他们使我们想起鸵鸟埋头那个老故事。鸵鸟遇到猎人，先拼命逃跑，到猎人快要走近身边了，就把头埋在沙漠里，以为看不见猎人，猎人就不存在。鸵鸟是典型的不肯正视事实者，不肯正视事实，就要在自欺中找自慰。可是鸵鸟瞒得过自己，却瞒不过追捕它的猎人。事实也永远在那里，歪曲事实来自欺或是欺人都无济于事，那事实终于要成为无情的猎人。

我们说这种鸵鸟埋头避猎人的心理是“孱弱”的，因为就事实的情境说，它必然走到应付无方，倒行逆施；就当事人说，它必然走到文过饰非，执迷不悟。我们认为这种心理的孱弱很严重，因为人性是整一的，一个心理的弱点在某一方面暴露，在任何其他方面也自然会暴露。请问今日政治、经济、外交各方面的措施，有那一种是正视事实的结果？骨子里的孱弱往往装饰成表面的倔强，也就加强鸵鸟式的自信，最后的命运也只有鸵鸟为证。

（载《新路》周刊二卷一期，1948年11月）

用出世的精神，做入世的事业

生命是一种无底止的奋斗。

奋斗的精神就是生活力的表现。

要生活，先要储蓄生活力！

民族的生命力

生命是一种无底止的奋斗。

一个兵士作战，一个学者探讨学术，

或是一个普通公民勇于尽自己的职责，

向一切众恶引诱说一个坚决的“不！”字，

都要有一种奋斗的精神。

朋友：

这次世界运动会闭幕了，我想趁这个机会和你谈一个重要问题。许多人因为这次中国选手的失败而意识到国家的荣辱，也有些人在惋惜中国政府遣送选手所耗费的巨款。但是据我个人的观察，大多数人对于这次失败仍是漠不关心，并没有因此获得一种深刻的教训。这种麻木，我以为较之竞赛的失败还更可惋惜，因为心里既根本不把失败当作一回事，一蹶之后就不会有复振的希望。

我们所要计较的并不仅在一个运动会中的成败荣辱问题，而在偌大的中国民族在体格方面所表现的生命力竟至如此贫乏。四万万人中所选出的健儿耀武扬威地一大船载到欧洲去，结果每个人到决赛时都垂头丧气地抱着膀子作壁上观。别说跑第一第二，连跟着别人在一块儿跑的资格都没有，你说惨不惨！我们用不着埋怨选手，他们是从我们中间选送出去的，他们的无能究竟还要归咎我们自己的无能。

中国人向来偏重道德学问的修养而鄙视体格的修养。我们自以为所代表的是“精神文明”，身体是属于“物质”的，值不得去理会。我们想：人为万物之灵，就在道德学问高尚，如果拿体力作评判价值的标准，那只有向虎狼牛马拜下风。这种鄙视体格的心理并没有被近代学校教育洗除净尽。体操在学校里仍然是敷衍功令的功课。学校提倡运动用意大半仅在培养几个运动员，预备在竞赛中替学校争体面，而不在提高普遍的体格标准。一个聪明的学生只要数学或国文考第一，运动成绩的低劣不但不是一种羞耻，而且简直可以显出几分身份的高贵。学校以外，一般民众更丝毫不觉得运动有何意义。就是教育界中人，离开学生生活以后，以前所常练习的运动也就完全丢开。结果，中国十个人就有九个人像烟鬼，黄皮刮瘦，萎靡不振。每个人脱去衣服，在镜子里看看自己的身体，固然自惭形秽；就是看看邻人的面孔，也是那么憔悴，不能激起一点生气来。像这样衰弱的民族奄奄待毙之不暇，能谈到什么富强事业，更能谈到什么“精神文明”呢？

我在幼时也鄙视过学校里所谓体育，天天只埋头读书，以为在运动方面所花去的时间太可惜，有时连正当的体操功课也不去上。体操比我好的人成绩都不很高明，我心里实在有些瞧不起他们。我在考试时体操常不及格，但结果仍无伤于我的第一第二的位置，我更以为体育是无足轻重了。这十几年以来，我差不多天天受从前藐视体育所应得的惩罚。每年总要闹几次病，体重始终没有超过八十斤，年纪刚过三十，头发就白了一大半；劳作稍过度，就觉得十分困倦。我有时也很想在学问方面奋斗，但是研究一个问题或是做一篇文章，到了最紧要的关头时，就苦精力接不上来，要半途停顿。思想的工作正如打仗或赛跑，最要紧的关头往往在最后五分钟。这最后五分钟的失败往往不在缺乏坚持的努力，而在可使用的精力完全耗尽。世间固然有许多身体羸弱而在思想、学问、事业各方面造就很大的人们，但是我有理由相信：如果他们身体强健造就一定更较伟大。如果论智力，我不相信中国人天生地比外国人低下，但是中国人在学术上的造就到现在还是落后，原因固不只一种，我相信身体羸弱是最重要的一种。普通的德国人或英国人到五十到六十岁的年纪还是血气方刚，还有二十到三十年可以向学问事业方面努力锐进；但是普通的中国人到了三十岁以后，便逐渐衰弱老朽。在旁人正是奋发有为的年纪，我们已须宣告体力的破产，作退休老死的计算。在普通的外国人，头三十年只是训练和准备的时期，后三十到四十年才谈到成就和收获；在我们中国人，刚过了训练和准备的时期，可用的精力渐就耗竭，如何能谈到成就和收获呢？

体格羸弱的影响不仅在学问事业方面可以见出，对于一个人的心境脾胃以至于人生观都不免酿成了许多病态。我常分析自己，每逢性情暴躁容易为小事动气时，大半是因为身体方面有什么不舒适的地方，如头痛、脚痛之类；每逢垂头丧气，对一切事都仿佛绝望时，大半因为精力疲倦，所能供给的精力不足以应付事物的要求。在睡了一夜好觉之后，清晨爬起来，周身精神饱满，生气蓬勃，我对人就特别和善，心理就特别畅快，看一切困难都不在眼里，对于前途处处都觉得是希望。我常仔细观察我所接触的人物，发现这种体格与心境的密切关系几乎是普遍的。我没有看见一个身体真正好的人为人不和善，处事不乐观；我也没有看见一个颓丧愁闷的人在身体方面没有丝毫缺陷。中国青年多悲观厌世，暮气沉沉，我敢说大半是身体不健康的结果。

这二十年来，我常在观察中国社会而推求它的腐化的根本原因；愈观察，愈推求，我愈察觉到身体对于精神的影响之伟大。我常听到"道德学家""精神文明说者"把社会一切的乱象都归咎到道德的崩溃、精神的破产。我也曾把这一类的老话头拿来应用到中国社会，觉得道德的崩溃究竟只是结果而不是原因。只就观象说，中国民族的一切病症都归原到一个字——懒。

懒所以因循苟且，看见应该做的事不去做，让粪堆在大路上，让坏人当权，让坏制度、坏习惯存在。懒，所以爱贪小便宜，做官遇到可抓的钱就抓，想一旦成富翁，一劳永逸；做学生不肯做学问凭自己的本领去挣地位，只图奔走逢迎，夤缘幸进。懒，所以含垢忍辱，一个堂堂男子汉不肯在正当光荣的职业中谋生活，宁愿去当汉奸，或是让妻女作娼妓，敌人打进门里来，永远学缩头乌龟。

如果我有时间，我可以把“懒”的罪状一直数下去。一切道德上的缺点都可以一言以蔽之曰“懒”。“懒”就是物理学中所讲的“惰性”。无论在物理方面或是在精神方面，惰性都起于“动力”的缺乏。就生物说，“动力”的缺乏就是“弱”。所以“懒”的根本原因还是在“弱”，在生活力的耗竭，在体格的不健全。换句话说，精神的破产毕竟是起于体格的破产。

生命是一种无底止的奋斗。一个兵士作战，一个学者探讨学术，或是一个普通公民勇于尽自己的职责，向一切众恶引诱说一个坚决的“不！”字，都要有一种奋斗的精神。奋斗的精神就是生活力的表现。中国民族在体格方面太衰弱，所以缺乏奋斗所必需的生活力，所以懒，所以学问落后，事业废弛，道德崩溃，经济破产，事事都不如人。

要真正想救中国，慢些谈学问，慢些谈政治，慢些谈道德，第一件要事，先把身体培养强健！要生活，先要储蓄生活力！如果中国民族仍不觉悟体力对于精神影响之大，以及健康运动之重要，仍然是那样黄皮刮瘦，暮气沉沉，要想中国不亡那简直是无天理！

我半生的光阴都费在书本上面，对于一般人所说的“精神文明”之尊敬与爱护，自问并不敢后于旁人，现在来大声疾呼，提倡健康运动，在旁人看来，或不免有些奇怪；其实这也并无足怪，身体羸弱的祸害与苦楚对于我是切肤之痛，·所以我不能不慨乎言之。我在中国人中已迫近老朽之年了，还在起始学游泳、打太极拳，这是施耐庵所骂的“用违其时”。愈觉得补救之太晚，我愈懊悔年轻时代对于体育的忽略。我希望比我幸运的——因为还未失去时机的——青年们不再蹈我这一种人的覆辙。我从自己的失败中得到一个极深刻的教训：身体好，什么事都有办法；身体不好，什么事都做不好。小而个人的成功，大而民族的复兴都要从身体健康下手，这件事也并非学校的体操或国际的运动竞赛所能促成的。我们要把健康的重要培养成为全民族的信仰，从择配优生以至于保婴、防疫、公众卫生等都要很郑重地去研究和实行推广。运动也要变成全社会的娱乐，不仅求培养几个选手，这件事是中国民族图存所急不容缓的。中年以上的人们已经没有希望，只有靠青年们努力了。我敬祝全国青年从今日起，设法多作强健身体的运动，为中国民族多培养一些生命力！

光潜

（载《申报周刊》第一卷第三十四期，1936年8月）

谈理想与事实

在实际人生中，理想都应该是解决事实困难的最合理的答案。
一个理想如果不能解决事实困难，永远与事实困难相冲突，
那就可以证明那个理想本身有毛病，
或者可以说，它简直不成其为理想。

朋友：

前几天有一位师范大学朱君来访，闲谈中他向我提出一个很严重的问题："现代社会恶浊，青年人所见到的事实和他自己所抱的理想常相冲突，比如毕业后做事就是一个大难关。如果要依照理想，廉洁自矢，守正不阿，则各机关大半是坏人把持住，你就根本不能插足进去，改造社会自然是谈不到。如果不择手段，依照中国人谋事的习惯法，奔走逢迎，献媚权贵，则你还没有改造社会，就已被社会腐化。我自己也很想将来替社会做一点事，但是又不愿同流合污，想到这一层，心里就万分烦恼。先生以为我们青年人处在这种两难的地位，究

竟应该持什么一种态度呢？”

朱君所提出的只是理想与事实的冲突的一端。其实现在中国社会各方面，从家庭、婚姻、教育、内政、外交，以至于整个的社会组织，都处处使人感到事实与理想的冲突。每一个稍有良心的人从少到老都不免在这种冲突中挣扎奋斗，尤其是青年有志之士对于这种冲突特别感到苦恼。每个人在年轻时代大半都是理想主义者，欢喜闭着眼睛，在想象中造成一座堂华美丽的空中楼阁。后来入世渐深，理想到处碰事实的钉子，便不免逐渐牺牲理想而迁就事实。一到老年，事实就变成万能，理想就全置度外。聪敏者唯唯否否，圆滑不露棱角；奸猾者则钻营竞逐，窃禄取宠，行为肮脏而话却说得堂皇漂亮。我们略放眼一看，就可以见出许名“优秀分子”的生命都形成这么一种三部曲的悲剧。

我常想，老年人难得的美德是尊重理想，青年人难得的美德是尊重事实。老年人我们姑且不去管他们，死在等待他们，他们纵然是改进社会的一个大累，不久也就要完事了。“既往不咎，来者可追。”我们这个时代的中国青年所负的责任特别繁重，中国事有救与无救，就全要看这一代人的成功与失败。一发千钧，稍纵即逝。这个时代的中国青年应该认清他们的责任，认清目前的特殊事实，以冷静而沉着的态度去解决事实所给的困难。最误事的是不顾事实而空谈理想。

我还记得那一次我回答朱君的话。我说：什么叫做“理想”？它不外有两种意义：一种是“可望而不可攀，可幻想而不可实现的完美”。比如说，在许多宗教中，理解的幸福是长生不老；它成为理想，就因为实际上没有人能长生不老。另一种是“一个问题的最完美的答案”或是“可能范围以内的最圆满的办法”。比如说，长生不老虽非人力所能达到，强健却是人力所能达到的。就人所能谋的幸福说，强健是一个合理的理想。这两种理想的分别在一个蔑视事实条件，一个顾到事实条件；一个渺茫空洞，一个有方法步骤可循。第一种理想是心理学家所谓想象中的欲望的满足，在宗教与文艺中自有它的重要，可是决不能适用于实际人生。在实际人生中，理想都应该是解决事实困难的最合理的答案。一个理想如果不能解决事实困难，永远与事实困难相冲突，那就可以证明那个理想本身有毛病，或者可以说，它简直不成其为理想。现代青年每遇心里怀着一个“理想”时，应该自己反省一遍，看它是属于我们所说的两种理想中的哪一种。如果它属于前一种，而他要实现它，那末，他就是迂诞、狂妄、浮躁、糊涂，没有别的话。如果它属于后一种，他就应该有决心毅力，有方法程次，按部就班地去使它实现。他就不应该因为理想与事实冲突而生苦恼或怨天尤人。

比如就青年说，有两个问题最切要：第一是怎样去学一点切实的学问？第二是学成之后，怎样找机会去做事？一般青年对于求学问题所感到的困难不外两种：一种是经济困难。在现在经济破产状况之下，十个人就有九个人觉到由小学而中学，由中学而大学这一笔费用不易筹措。天灾人祸，常出意外，多数青年学生都时时有被逼辍学的

法国后印象派画家
马塞尔·德雷福斯（1899—1985）
《河岸边的恋人》作于1955年

可能。另一种是学力问题。学校少而应试者多。比如几个稍好的大学每年都有四五千人应试，而录取额最多只有四五百名，十人之中就有九人势须向隅。这两种事实都是与青年学生理想相冲突的。一般青年似乎都以为读书必进大学，甚至于必进某某大学；如果因为经济或学力的欠缺，不能如自己所愿望，便以为学问之途对于自己是断绝了。我以为读书而悬进大学或出洋为最高标准，根本还是深中科举资格观念的余毒。做学问的机会甚多，如果一个人真是一个做学问的材料，他终久总可以打出一条路来。如果不是这种材料，天下事可做的甚多，又何必贪读书的虚荣？就是读书，一个人也只能在自己的特殊经济情形和资禀学力范围之内，选择最适宜的路径。种田、做匠人、当兵、做买卖，以至于更卑微的职业也都要有人去干；干哪一行职业，也都可以得到若干经验学问。哲学家斯宾诺莎不肯当大学教授而宁愿操磨镜的微业以谋生活，这种精神是最值得佩服的。现在中国青年大半仍鄙视普通职业，都希望进大学、出洋、当学者、做官，过舒适的生活。这种风气显然仍是旧日科举时代所流传下来的。学者和官僚愈多，物质消耗愈大，权力竞争愈烈，平民受剥削愈盛，社会也就愈不安宁。我们试平心而论，这是不是目前中国的实在情形？

如果一般青年能了解这番道理，对于择校选科，只求在自己的特殊情形之下，如何学得一副当有用的公民的本领，不一定要勉强预备做学者或官僚，我相信上文所说的第二个问题——做事问题——就不至于像现时那么严重。在中国现在百废待举，一个中学生或大学生何至没有事可做？一个不识字的人还可以种田做买卖，难道一个受教育的人反不如乡下愚夫愚妇？事是很多的，只是受过教育的人不屑于做小事。事没有人做，结果才闹成人没有事做。

我劝青年们多去俯就有益社会的小事，并非劝他们一定不要插足于政治、教育，以及其他较被优待的职业。这些事也要有人去做，而且应该由纯洁而能干的人去做，现在各种优遇位置大半被一般有势力而无能力的人们把持，新进者不易插足进去。这确是事实，但不是不可变动的事实。恶势力之所以成为势力，大半是靠团结。要打破一种恶势力，一个人孤掌难鸣，也一定要有团结才行。中国青年的毛病在洁身自好者不能团结，能团结者又不免同流合污，所以结果龌龊者胜而纯洁者败。谈到究竟，恶势力在一个社会里能够存在，还要归咎于纯洁分子的惰性太深，抵抗力太小。要挽救目前中国社会种种积弊，有志的纯洁青年们应该团结起来，努力和恶势力奋斗。比如说一乡一县的事业被土豪劣绅把持，当地的优秀青年如果真正能团结奋斗，决不难把事权夺过来。推之一省一国，也是如此。结党造势力、争权位都不是坏事；坏事是结党而营私，争权位而分赃失职。只要势力造成、权位争得以后，自己能光明正大地为社会谋福利，终久总可以博得社会的同情，打倒坏人所造成的恶势力。社会的同情总是站在善人方面，“人之好善，谁不如我”？现在许多人都见到社会上种种积弊和补救的方法，只是每个人都觉得自己力量孤单，见到而做不到。其实这里问题很简单，大家团结起来就行了。在任何社会，有一分能力总可以做一分事。做不出事来，那是自己没有能力，用不着怨天尤人。

理想不应与事实冲突，不但在求学与谋事两方面是如此，其他一切也莫不然。比如说政治，现在一般青年都仿佛以为一经“革命”，地狱就可以立刻变成天国。被“革命”的是什么？革命后拿什么来代替？怎样去革命？第一步怎样做？第二步怎样做？遇到难关又怎样去克服？这些问题他们似乎都不曾仔细想过，只是天天在摇旗呐喊。我们天天都听到“革命”的新口号，却没有看见一件真正“革了命”的事迹。关于这一点，目前知识界的“领袖”们似乎说不清他们的罪过，他们教一般青年误认喊革命口号为做革命工作，误认革命为一件无须学识与技能的事业。“革命”两个字在青年心理中已变成一种最空洞不过的“理想”，像道家所说的“太极”，有神秘的面貌而无内容，它和事实毫不接头，自然更谈不到冲突。

政治理想是随时代环境变迁的。我们不要古人为我们打算盘，也大可不必去替后人打算盘。每一个国家的最好的政治理想应该是当时当境的最圆满的应付事实的方法。目前中国所有的是什么样的事实？民穷国敝，外患纷乘，稍不振作，即归毁灭。这种事实应该使每个有头脑的中国人觉悟到：在今日谈中国政治，“图存”是第一要义。中国是一个久病之夫，一切摧残元气的举动，一切聊快一时的毁坏，都与“图存”一个基本要义不相容。“社会革命”“打倒帝国主义”“永久平等”“大同平等”，种种方剂都要牵涉到全世界的制度组织。在加入这个全世界的大战线以前，中国人首先须要把自己训练到能荷枪执戟，才可以有资格。

这番话对于现代青年是很苦辣不适口的。我只能向他们说：高调谁也会唱，但是我的良心不容许我唱高调，因为我亲眼看见，调愈唱得高，事愈做得坏，小百姓受苦愈大，而青年也愈感彷徨怅惘。

光潜

（载《申报周刊》第一卷第四十四期，1936年11月）

美国印象派画家

施尔德·哈森（1859—1935）

《蜀葵，浅滩岛》作于1902年

谈敬

无论是一个民族或是一个人，

如果心里没有“敬”的情感，决不会有伟大的成就。

朋友：

前年夏天我到日本去旅行，最使我感动而至今仍眷恋不忘的是在东京明治天皇神宫所见到的一幅景象。那是一个天清气爽的早晨，明治神宫在一座广大的松柏参天、鸦默雀静的园子里巍然兀立，前面横着一条洁净无尘的柏油大道。一队又一队的青年学生趁这条路上学去，走到神宫面前时，都转身向神宫脱帽深深地一鞠躬，然后再继续走他们的路。成群的固然如此，就是单独的行人走到神宫面前对于这一项顶礼也丝毫不苟且。看他们的面容是那样严肃沉着，想来不是一种虚文繁礼，而真是衷心敬仰的流露。那时节，我忘记国家的界限，不知不觉地对日本人所表现的这种精神肃然起敬，心里想，日本人究竟不是一个可以轻视的民族。

这种感想常存在心里，一直到去年二月二十六日的日本政变，才受一种出于意外的动摇。那几天的报纸已不在手边，但是经过的大概我还约略记得。二月二十六日那天早晨有一批青年军人同时分途闯进几位国老元勋的住宅去行所谓“清君侧”的壮举。他们闯进以清廉著名的首相冈田的房里，冈田夫人跪地央求他们饶了冈田，让他报效国家，而他们却悍然不顾，把他像宰猪屠狗地杀死了。他们闯进高桥老藏相的房里，老藏相头上耸着八十余龄老叟的白发，面上横着为国家任劳任怨所得的皱纹，向他们瞪着哀怜的眼睛，他们也悍然不顾，把他像宰猪屠狗地杀害了。同时他们用同样的残酷的方法杀害了许多其他国老元勋。据后来的报告，说冈田幸而没有死，但是代冈田而死的松尾面貌活像冈田，行刺者是把他认作冈田杀死的，所以在道德上的意义，他们杀松尾是与杀冈田无殊。当时我看到这种消息，我也忘记国家的界限，对这些被难者表示真挚的同情，同时也觉得日本固有的可宝贵的虔敬精神到现在像是逐渐衰落了，不免有些惋惜；心里又想，如果那次的凶杀能代表现代日本的特殊精神，日本也就不复是一个可畏的民族了。

那两种很强烈的相反衬的印象近来常在我心中盘旋。它们使我深刻地感觉到“敬”一个字所代表的情感对于一个民族或一个人的重要。我想，无论是一个民族或是一个人，如果心里没有“敬”的情感，决不会有伟大的成就。我不能仔细用逻辑说明这层道理，这也许仅是我的一种直觉，也许是历史传记把无数古今伟大人物的经验在我心中所积累成的总印象。

提起“敬”，我想到摩西率领六十万犹太人从埃及步行九十余天到西乃山对着山巅的云雾雷电，膜拜他们的尊神耶和华，战战兢兢地受他们的十诫；我想到从前过红海时所望见的天方教徒，在炎天烈日之下的空旷荒野的沙漠里，默默向麦加城俯身合掌祷祝。这种宗教情绪是最原始式的“敬”，而现代人所鄙视的迷信。但是这种迷信的意义是值得深长思的。靠着它，许多原始民族在忧患艰难中很自信地向前挣扎，维持他们的永久生命；靠着它，人类不甘与其他动物同自封于饮食男女的满足，而要悬一个超于人类的全善全能的理想，引导他们，鼓励他们作向上的企图。“敬”不是别的东西，它就是人类的一种自然的、向善向上的情感。心里觉得一件东西可尊贵，觉得它超过于自己所常达到的限度，而值得自己去努力追求，于是才对它肃然起敬。

敬的情感在宗教之外又表现于英雄崇拜。提起它，我想起斯巴达王列奥尼达以三百人的孤军死守德摩比利山峡，抵抗几十万的波斯大军，宁可全军覆没，不愿放弃他们的职守。后来希腊诗人在山峡旁纪念碑上题着一句简单而深刻的铭语：“过路人，请告诉斯巴达人，因为服从他们的命令，我们躺在这里。”我想象到这句话所说的英雄事迹在每个希腊人的心中所引起的虔敬，所提起的勇气。这三百人死了，那几十万波斯大军也终竟没有征服希腊，希腊人的生命就靠着这一点虔敬，这一股勇气做了救星。历史上同样的实例不胜枚举。每个国家在新兴时代都有些民族英雄盘踞在一般民众的想象里，使他们咏歌赞叹，使他们奉为模范，追踪仿效，把生命的价值与荣誉永远保持下去。凡是原始时代的史诗都是对于民族英雄的虔敬崇拜的表现。希腊民族的阿喀琉斯，日耳曼民族的西格弗里，法兰西民族的查理大帝都是著例。这些民族的蹶兴，原因固不止一种，他们各有几个民族英雄成为国人的中心信仰与一国特殊精神的结晶，这一层恐怕比任何其他原因都较重要。史诗时代的英雄崇拜在今日固已过去，这是宗教神话的衰落与德谟克拉西精神的兴起所必有的结果，所以在今日谈英雄崇拜不免引起顽固腐朽的讥诮。但是事实最雄辩，骂英雄崇拜的德谟克拉西派与普罗派的人们实际上自己也还在很虔敬地崇拜英雄。倘若不然，谁去要卢梭进先贤祠？谁去替华盛顿立纪念坊？谁去替列宁造铜像？谈到究竟，历史是几个伟大人物造成的。他们特立独行，坚苦卓绝地战胜环境困难，实现他们的理想，留给我们无穷的恩惠。无论他们是政治上的人物像华盛顿和列宁，宗教上的人物像释迦和耶稣，学术上的人物像苏格拉底和孔子，都是值得我们虔诚膜拜的。一种伟大的精神在人间能不朽，就全靠这一颗虔敬的心。“敬”是对于生命最有价值的东西的眷恋，人类到失去虔敬情感的时候，就不会作向上的企图，使生命成为一种有价值的东西了。

虔敬的心到处可以表现。站在一座雄伟峭拔的高峰前，你的心里猛然迸出惊赞；读过一篇情感真挚表现完美的文艺作品，你不由自主地受感动；看到一只老麻雀从树顶上跳下来和一条猛犬拼命，营救它的雏鸟，像屠格涅夫在一首散文诗里所描写的，你心里佩服它的慈祥与勇敢，这都是虔敬的流露。一个人可以敬他的人性和人权，敬他的恩人和良师益友，敬他的责任，敬他的事业，敬他所有的一颗虔敬的心。有天良的人都必有一颗虔敬的心，到失去这颗心时，他的天良必先已丧尽，人其名而兽其实了。

中国先儒也常以主“敬”教人，但是到末流，“敬”变成道学家的一种拘束。“敬”本是良心的自然流露，在外表所看得出来的是“礼”。一部《礼记》和一部《仪礼》可以说是先儒想把“敬”的表现定成一种条文，把“敬”加以公式化或刻板化。“敬”是精神，“礼”是形骸。他们以为精神可以借形骸而维持其生命，其实形骸虽存，精神可以不存在。借重形骸，结果往往使人逐渐忘去它所应表现的精神，而形骸也变成空洞累赘。“敬”由“礼”而流为拘束的原因即在此。举一个很浅显的例：向总理遗像鞠躬读遗嘱，本来应该是一种虔敬的表示，现在一般行政人员和学生们举行这种礼节时，心里大半没有丝毫虔敬的念头，就不免嫌它是一种拘束了。

我常替我们现在的中国民族担忧，我觉得我们现代中国人，无论老少，都太缺乏真挚的虔敬心。中国人本来是一个最不宗教的民族，不过在已往几千年中我们却也有一个中心信仰，而对于它也怀着一种虔敬。我们曾经敬仰过忠孝节义的美德，我们曾经敬仰过在政治、学术、文艺各方面有伟大建树的人物。在现代，这些似乎都已变成被唾弃的偶像了。我们的心中变成很空洞的，觉得世间似乎没有一个人、

法国印象派画家
阿尔弗莱德·西斯莱（1839—1899）
《自然风景》作于1897年

一件东西，或是一种品格值得我们心悦诚服地尊敬。根本上我们就已经失去一颗虔敬的心，一件奇耻大辱不能使我们感到羞耻，一个伟大人物的嘉言懿行不能使我们感发兴起。在种种方面我们都贪苟且，做官苟且抓钱，办外交苟且妥协，守防地苟且降屈退让，过毒窟妓院苟且贪一时的感官快乐……这种种“苟且”都是虔敬心丧失的铁证。文学是民族精神的最直接的表现，而现在中国最流行的文学是幽默、诙谐、讽刺，是无聊的感伤，是不负责任的呐喊。它所表现的是一副憨皮笑脸的态度，虔敬站在它旁边自然显得迂腐了。

朋友，你想想看，世间哪一件伟大的事业是憨皮笑脸的态度可以产生出来的？哪一个民族或则哪一个人心里不敬仰一种高尚的理想而能作向上的企图？在这憨皮笑脸的世界中，小心提防受他们的传染，时时读伟大人物的传记，滋养你那一颗虔敬的心啊！

光潜

（载《申报周刊》第二卷第二期，1937年1月）

谈谦虚

谦虚必起于自我渺小的意识，
谦虚者的心目中必有一种为自己所不知不能的高不可攀的东西，
老是要抬着头去望它。

说来说去，做人只有两桩难事，一是如何对付他人，一是如何对付自己。这归根还只是一件事，最难的事还是对付自己，因为知道如何对付自己，也就知道如何对付他人，处世还是立身的一端。

自己不易对付，因为对付自己的道理有一个模棱性，从一方面看，一个人不可无自尊心，不可无我，不可无人格。从另一方面看，他不可有妄自尊大心，不可执我，不可任私心成见支配。总之，他自视不宜太小，却又不宜太大，难处就在调剂安排，恰到好处。

自己不易对付，因为不容易认识，正如有力不能自举，有目不能自视。当局者迷，旁观者清。我们对于自己是天生的当局者而不是旁观者，我们自囿于“我”的小圈子，不能跳开“我”来看世界、来看

"我"，没有透视所必需的距离，不能取正确观照所必需的冷静的客观态度，也就生成地要执迷，认不清自己，只任私心、成见、虚荣、幻觉种种势力支配，把自己的真实面目弄得完全颠倒错乱。我们像蚕一样，作茧自缚，而这茧就是自己对于自己所错认出来的幻相。真正有自知之明的人实在不多见。"知人则哲"，自知或许是哲以上的事。"知道你自己"一句古训所以被称为希腊人最高智慧的结晶。

"知道你自己"，谈何容易！在日常自我估计中，道理总是自己的对，文章总是自己的好，品格也总是自己的高，小的优点放得特别大，大的弱点缩得特别小。人常"阿其所好"，而所好者就莫过于自己。自视高，旁人如果看得没有那么高，我们的自尊心就遭受了大打击，心中就结下深仇大恨。这种毛病在旁人，我们就马上看出；在自己，我们就熟视无睹。

希腊神话中有一个故事。一位美少年纳西司（Narcissus）自己羡慕自己的美，常伏在井栏上俯看水里自己的影子，愈看愈爱，就跳下去拥抱那影子，因此就落到井里淹死了。这寓言的意义很深永。我们都有几分"纳西司病"，常因爱看自己的影子堕入深井而不自知。照镜子本来是好事，我们对于不自知的人常加劝告："你去照照镜子看！"可是这种忠告是不聪明的，他看来看去，还是他自己的影子，像纳西司一样，他愈看愈自鸣得意，他的真正面目对于他自己也就愈模糊。他的最好的镜子是世界，是和他同类的人。他认清了世界，认清了人性，自然也就会认清自己，自知之明需要很深厚的学识经验。

德尔斐神谕宣示希腊说：苏格拉底是他们中间最大的哲人，而苏格拉底自己的解释是：他本来和旁人一样无知，旁人强不知以为知，他却明白自己的确无知，他比旁人高一着，就全在这一点。苏格拉底的话老是这样浅近而深刻，诙谐而严肃。他并非说客套的谦虚话，他真正了解人类知识的限度。“明白自己无知”是比得上苏格拉底的那样哲人才能达到的成就。有了这个认识，他不但认清了自己，多少也认清了宇宙。孔子也仿佛有这种认识。他说：“吾有知乎哉，无知也。”他告诉门人：“知之为知之，不知为不知，是知也。”所谓“不知之知”正是认识自己所看到的小天地之外还有无边世界。

这种认识就是真正的谦虚。谦虚并非故意自贬身价，作客套应酬，像虚伪者所常表现的假面孔；它是起于自知之明，知道自己所已知的比起世间所可知的非常渺小，未知世界随着已知世界扩大，愈前走发见天边愈远。他发见宇宙的无边无底，对之不能不起崇高雄伟之感，反观自己渺小，就不能不起谦虚之感。谦虚必起于自我渺小的意识，谦虚者的心目中必有一种为自己所不知不能的高不可攀的东西，老是要抬着头去望它。这东西可以是全体宇宙，可以是圣贤豪杰，也可以是一个崇高的理想。一个人必须见地高远，“知道天高地厚”才能真正地谦虚；不知道天高地厚的人就老是觉得自己伟大，海若未曾望洋，就以为“天下之美尽在己”。谦虚有它消极方面，就是自我渺小的意识；也有它积极方面，就是高远的瞻瞩与恢阔的胸襟。

看浅一点，谦虚是一种处世哲学。“人道恶盈而喜谦”，人本来没有可盈的时候，自以为盈，就无法再有所容纳，有所进益。谦虚是知不足，“知不足然后能自强”。一切自然节奏都是一起一伏。引弓欲张先弛，升高欲跳先蹲，谦虚是进取向上的准备。老子譬道，常用谷和水。“谷神不死”“旷兮其若谷”“上善若水”“天下莫柔弱于水而攻坚强者莫之能胜”。谷虚所以有容，水柔所以不毁。人的谦虚可以说是取法于谷和水，它的外表虽是空旷柔弱，而它的内在的力量却极刚健。《大易》的谦卦六爻皆吉。作《易》的人最深知谦的力量，所以说，“谦尊而光，卑而不可逾”。道家与儒家在这一点认识上是完全相同的。这道理好比打太极拳，极力求绵软柔缓，可是“四两拨千斤”，极强悍的力士在这轻推慢挽之前可以望风披靡。古希腊的悲剧作者大半是了解这个道理的，悲剧中的主角往往以极端的倔强态度和不可以倔强胜的自然力量（希腊人所谓神的力量）搏斗，到收场时一律被摧毁，悲剧的作者拿这些教训在观众心中引起所谓“退让”（resignation）情绪，使人恍然大悟，在自然大力之前，人是非常渺小的，人应该降下他的骄傲心，顺从或接收不可抵制的自然安排。这思想在后来耶稣教中也很占势力。近代科学主张“以顺从自然去征服自然”，道理也是如此。

看深一点，谦虚是一种宗教情绪。这道理在上文所说的希腊悲剧中已约略可见。宗教都有一个被崇拜的崇高的对象，我们向外所呈献给被崇拜的对象是虔敬，向内所对待自己的是谦虚。虔敬和谦虚是宗教情绪的两方面，内外相应相成。这种情绪和美感经验中的“崇高意

荷兰后印象派画家

文森特·梵·高（1853—1890）

《麦田群鸦》作于1888年

识”（sense of the sublime）以及一般人的英雄崇拜心理是相同的。我们突然间发见对象无限伟大，无形中自觉此身渺小，于是栗然生畏，肃然起敬；但是惊心动魄之余，就继以心领神会，物我交融，不知不觉中把自己也提升到那同样伟大的境界。对自然界的壮观如此，对伟大的英雄如此，对理想中所悬的全知全能的神或尽善尽美的境界也是如此。在这种心境中，我们同时感到自我的渺小和人性的尊严，自卑和自尊打成一片。

我们姑拿两首人人皆知的诗来说明这个道理。一是陈子昂的：“前不见古人，后不见来者。念天地之悠悠，独怆然而涕下！”一是杜甫的，“侧身天地常怀古，独立苍茫自咏诗”。我们试玩味两诗所表现的心境。在这种际会，作者还是觉得上天下地，唯我独尊，因而踌躇满志呢，还是四顾茫茫，发见此身渺小而怳然若有所失呢？这两种心境在表面上是相反的，而在实际上却并行不悖，形成哲学家们所说的“相反者之同一”。在这种际会，骄傲和谦虚都失去了它们的寻常意义，我们骄傲到超出骄傲，谦虚到泯没谦虚。我们对庄严的世相呈献虔敬，对蕴藏人性的“我”也呈献虔敬。

有这种情绪的人才能了解宗教，释迦和耶稣都富于这种情绪，他们极端自尊也极端谦虚。他们知道自尊必从谦虚做起，所以立教特重谦虚。佛家的大戒是“我执”“我谩”。佛家的哲学精义在“破我执”。佛徒在最初时期都须以行乞维持生活，所以叫做“比丘”。行乞是最好的谦虚训练。耶稣常溷身下层阶级，一再告诫门徒说：“凡自己谦卑像这小孩的，他在天国里就是最大的。”“你们中间谁为大，谁就要做你们的用人，自高的必降为卑，自卑的必升为高。”这教训在中世纪发生影响极大，许多僧侣都操贱役，过极刻苦的生活，去实现谦卑（humiliation）的理想，圣佛兰西斯是一个很美的例证。

耶佛和其他宗教都有膜拜的典礼，它的意义深可玩味。在只是虚文时，它似很可鄙笑；在出于至诚时，它却是虔敬和谦虚的表现，人类可敬的动作就莫过于此。人难得弯下这个腰干，屈下这双膝盖，低下这颗骄傲的心，在真正可尊敬者的面前“五体投地”。有一次我去一个法会听经，看见皈依的信士们进来时恭恭敬敬地磕一个头，出去时又恭恭敬敬地磕一个头。我很受感动，也觉得有些尴尬。我所深感惭愧的倒不是人家都磕头而我不磕头，而是我的衷心从来没有感觉到有磕头的需要。我虽是愚昧，却明白这足见性分的浅薄。我或是没有脱离“无明”，没有发见一种东西叫我敬仰到须向它膜拜的程度；或是没有脱离“我谩”，虽然发见了可膜拜者而仍以膜拜为耻辱。

“我谩”就是骄傲，骄傲是自尊情操的误用。人不可没有自尊情操，有自尊情操才能知耻，才能有所谓荣誉意识（sense of honour），才能有所为有所不为，也才能发奋向上。孔子说“知耻近乎勇”和《学记》的“知不足然后能自强”、《易经》的“谦尊而光，卑而不可逾”两句名言意义骨子里相同。近代心理学家阿德勒（Adler）把这个道理发挥得最透辟。依他看，我们有自尊心，不甘居下流，所以发见了自己的缺陷，就引以为耻，在心理形成所谓

"卑劣结"（inferiority complex），同时激起所谓"男性的抗议"（masculine protest），要努力弥补缺陷，消除卑劣，来显出自己的尊严。努力的结果往往不但弥补缺陷，而且所达到的成就反比本来没有缺陷的更优越。希腊的德摩斯梯尼本来口吃，不甘心受这缺陷的限制，发愤练习演说，于是成为最大的演说家。中国孙子因膑足而成兵法，左丘明因失明而成《国语》，司马迁因受宫刑而作《史记》，道理也是如此。阿德勒所谓"卑劣结"其实就是谦虚、"知耻"或"知不足"；他的"男性抗议"就是"自强""近乎勇"或"卑而不可逾"。从这个解释，我们也可以看出谦虚与自尊心不但并不相反，而且是息息相通。真正有自尊心者才能谦虚，也才能发奋为雄。"尧，人也，舜，人也，有为者亦若是"，在作这种打算时，我们一方面自觉不如尧舜，那就是谦虚，一方面自觉应该如尧舜，那就是自尊。

骄傲是自尊情操的误用，是虚荣心得到廉价的满足。虚荣心和幻觉相连，有自尊而无自知。它本来起于社会本能——要见好于人；同时也带有反社会的倾向，要把人压倒，它的动机在好胜而不在向上，在显出自己的荣耀而不在理想的追寻。虚荣加上幻觉，于是在人我比较中，我们比得胜固然自骄其胜，比不胜也仿佛自以为胜，或是丢开定下来的标准，另寻自己的胜处。我们常暗地盘算：你比我能干，可是我比你有学问；你干的那一行容易，地位低，不重要，我干的才是真正了不起的事业；你的成就固然不差，可是如果我有你的地位和机会，我的成就一定比你更好。总之，我们常把眼睛瞟着四周的人，心里作一个结论："我比你强一点！"于是伸起大拇指，洋洋自得，并且期望旁人都甘拜下风，这就是骄傲。人之骄傲，谁不如我？我以压倒你为快，你也以压倒我为快。无论谁压倒谁，妒忌、忿恨、争斗以及它们所附带的损害和苦恼都在所不免。人与人，集团与集团，国家与国家，中间许多灾祸都是这样酿成的。"礼至而民不争"，礼之端就是辞让，也就是谦虚。

欢喜比照人己而求己比人强的人大半心地窄狭，谩世傲物的人要归到这一类。他们昂头俯视一切，视一切为"卑卑不足道""望望然去之"。阮籍能为青白眼，古今传为美谈。这种谩世傲物的态度在中国向来颇受人重视。从庄子的"让王"类寓言起，经过魏晋清谈，以至后世对于狂士和隐士的崇拜，都可以表现这种态度的普遍。这仍是骄傲在作祟。在清高的烟幕之下藏着一种颇不光明的动机。"人都龌龊，只有我干净"（所谓"世人皆浊我独清"），他们在这种自信或幻觉中酖醉而陶然自乐。熟看《世说新语》，我始而羡慕魏晋人的高标逸致，继而起一种强烈的反感，觉得那一批人毕竟未闻大道，整天在臧否人物，自鸣得意，心地毕竟局促。他们忘物而未能忘我，正因其未忘我而终亦未能忘物，态度毕竟是矛盾。魏晋人自有他们的苦闷，原因也就在此。"人都龌龊，只有我干净。"这看法或许是幻觉，或许是真理。如果它是幻觉，那是妄自尊大；如果它是真理，就引以自豪，也毕竟是小气。孔子、释迦、耶稣诸人未尝没有这种看法，可是他们的心理反应不是骄傲而是怜悯，不是遗弃而是援救。长

阿希尔·拉格《Cailhau之路》作于1909年

法国印象派画家

沮、桀溺说："滔滔者天下皆是，而谁以易之。"孔子说："鸟兽不可与同群，吾非斯人之徒与而谁与？"这是谩世傲物者与悲天悯人者在对人对己的态度上的基本分别。

人生本来有许多矛盾的现象，自视愈大者胸襟愈小，自视愈小者胸襟愈大。这种矛盾起于对于人生理想所悬的标准高低。标准悬得愈低，愈易自满；标准悬得愈高，愈自觉不足。虚荣者只求胜过人，并不管所拿来和自己比较的人是否值得做比较的标准。只要自己显得是长子，就在矮人国中也无妨。孟子谈交友的对象，分出"一乡之善士""一国之善士""天下之善士""古之人"四个层次。我们衡量人我也要由"一乡之善士"扩充到"古之人"。大概性格愈高贵，胸襟愈恢阔，用来衡量人我的尺度也就愈大，而自己也就显得愈渺小。一个人应该有自己渺小的意识，不仅是当着古往今来的圣贤豪杰的面前，尤其是当着自然的伟大、人性的尊严和时空的无限。你要拿人比自己，且抛开张三李四，比一比孔子、释迦、耶稣、屈原、杜甫、米开朗琪罗、贝多芬或是爱迪生！且抛开你的同类，比一比太平洋、大雪山、诸行星的演变和运行，或是人类知识以外的那一个茫茫宇宙！在这种比较之后，你如果不为伟大崇高之感所撼动而俯首下心，肃然起敬，你就没有人性中最高贵的成分。你如果不盲目，看得见世界的博大，也看得见世界的精微，你想一想，世间哪里有临到你可凭以骄傲的？

在见道者的高瞻远瞩中，"我"可以缩到无限小，也可以放到无限大。在把"我"放到无限大时，他们见出人性的尊严；在把"我"

缩到无限小时，他们见出人性在自己小我身上所实现得非常渺小。这两种认识合起来才形成真正的谦虚。佛家法相一宗把叫做“我”的肉体分析为“扶根尘”，和龟毛兔角同为虚幻，把“我”的通常知见都看成幻觉，和镜花水月同无实在性。这可算把自我看成极渺小。可是他们同时也把宇宙一切，自大地山河以至玄理妙义，都统摄于圆湛不生灭妙明真心，万法唯心所造，而此心却为我所固有，所以“明心见性”“即心即佛”。这就无异于说，真正可以叫做“我”的那种“真如自性”还是在我，宇宙一切都由它生发出来，“我”就无异于创世主。这对于人性却又看得何等尊严！不但宗教家，哲学家像柏拉图、康德诸人大抵也还是如此看法。我们先秦儒家的看法也不谋而合。儒本有“柔懦”的意义，儒家一方面继承“一命而偻，再命而伛，三命而俯，循墙而走”那种传统的谦虚恭谨，一方面也把“我”看成“与天地合德”。他们说，“返身而诚，万物皆备于我矣”，“能尽人之性，则能尽物之性；能尽物之性，则可以赞天地之化育，与天地参矣”。他们拿来放在自己肩膀上的责任是“为天地立心，为生民立命，为往圣继绝学，为万世开太平”。这种“顶天立地，继往开来”的自觉是何等尊严！

意识到人性的尊严而自尊，意识到自我的渺小而自谦，自尊与自谦合一，于是法天行健，自强不息，这就是《易经》所说的“谦尊而光，卑而不可逾”。

（载《当代文艺》第一卷第二期，1944年2月）

谈读书

人类学问逐天进步不止，你不努力跟着跑，

便落伍退后，这固不消说。

尤其要紧的是养成读书的习惯，是在学问中寻出一种兴趣。

朋友：

中学课程很多，你自然没有许多时间去读课外书。但是你试抚心自问：你每天真抽不出一点钟或半点钟的工夫么？如果你每天能抽出半点钟，你每天至少可以读三四页，每月可以读一百页，到了一年也就可以读四五本书了。何况你在假期中每天断不会只能读三四页呢？你能否在课外读书，不是你有没有时间的问题，是你有没有决心的问题。

世间有许多人比你忙得多。许多人的学问都在忙中做成的。美国有一位文学家、科学家和革命家富兰克林，幼时在印刷局里做小工，他的书都是在做工时抽暇读的。不必远说，你应该还记得，国父孙中山先生，难道你比那一位奔走革命席不暇暖的老人家还要忙些么？他生平无论忙到什么地步，没有一天不偷暇读几页书。你只要看他的《建国方略》和《孙文学说》，便知道他不仅是一个政治家，而且还是一个学者。不读书讲革命，不知道“光”的所在，只是窜头乱撞，终难成功。这个道理，孙先生懂得最清楚的，所以他的学说特别重“知”。

人类学问逐天进步不止，你不努力跟着跑，便落伍退后，这固不消说。尤其要紧的是养成读书的习惯，是在学问中寻出一种兴趣。你如果没有一种正常嗜好，没有一种在闲暇时可以寄托你的心神的东西，将来离开学校去做事，说不定要被恶习惯引诱。你不看见现在许多叉麻雀、抽鸦片的官僚们、绅商们乃至于教员们，不大半由学生出身么？你慢些鄙视他们，临到你来，再看看你的成就罢！但是你如果在读书中寻出一种趣味，你将来抵抗引诱的能力比别人定要大些。这种兴趣你现在不能寻出，将来永不会寻出的。凡人都越老越麻木，你现在已比不上三五岁的小孩子那样好奇、那样兴味淋漓了。你长大一岁，你感觉兴味的锐敏力便须迟钝一分。达尔文在自传里曾经说过，他幼时颇好文学和音乐，壮时因为研究生物学，把文学和音乐都丢开了，到老来他再想拿诗歌来消遣，便寻不出趣味来了。兴味要在青年时设法培养，过了正常时节，便会萎谢。比方打网球，你在中学时欢喜打，你到老都欢喜打。假如你在中学时代错过机会，后来要发愿去学，比登天边要难十倍。养成读书习惯也是这样。

你也许说，你在学校里终日念讲义、看课本就是读书吗？讲义、课本着意在平均发展基本知识，固亦不可不读。但是你如果以为念讲义看课本，便尽读书之能事，就是大错特错。第一，学校功课门类虽多，而范围究极窄狭。你的天才也许与学校所有功课都不相近，自己在课外研究，去发见自己性之所近的学问。再比方你对于某种功课不感兴趣，这也许并非由于性不相近，只是规定课本不合你的口胃。你如果能自己在课外发见好书籍，你对于那种功课的兴趣也许就因而浓厚起来了。第二，念讲义看课本，免不掉若干拘束，想借此培养兴趣，颇是难事。比方有一本小说，平时自由拿来消遣，觉得多么有趣，一旦把它拿来当课本读，用预备考试的方法去读，便不免索然寡味了。兴趣要逍遥自在地不受拘束地发展，所以为培养读书兴趣起见，应该从读课外书入手。

书是读不尽的，就算读尽也是无用，许多书没有一读的价值。你多读一本没有价值的书，便丧失可读一本有价值的书的时间和精力。所以你须慎加选择。你自己自然不会选择，须去就教于批评家和专门学者。我不能告诉你必读的书，我能告诉你不必读的书。许多人曾抱定宗旨不读现代出版的新书。因为许多流行的新书只是迎合一时社会心理，实在毫无价值，经过时代淘汰而巍然独存的书才有永久性，才值得读一遍两遍以至于无数遍。我不敢劝你完全不读新书，我却希望你特别注意这一点，因为现代青年颇有非新书不读的风气。别的事都可以学时髦，惟有读书、做学问不能学时髦。我所指不必读的书，不是新书，是谈书的书，是值不得读第二遍的书。走进一个图书馆，你尽管看见千卷万卷的纸本子，其中真正能够称为“书”的恐怕难上十卷百卷。你应该读的只是这十卷百卷的书。在这些书中间，你不但可以得较真确的知识，而且可以于无形中吸收大学者治学的精神和方法。这些书才能撼动你的心灵，激动你的思考。其他像“文学大纲”“科学大纲”以及杂志报章上的书评，实在都不能供你受用。你与其读千卷万卷的诗集，不如读一部《国风》或《古诗十九首》；你与其读千卷万卷希腊哲学的书籍，不如读一部柏拉图的《理想国》。

你也许要问我像我们中学生究竟应该读些什么书呢？这个问题可是不易回答。你大约还记得北平《京报·副刊》曾征求“青年必读书十种”，结果有些人所举十种尽是《几何》《代数》，有些人所举十种尽是《史记》《汉书》。这在旁人看起来似近于滑稽，而应征的人却各抱有一番大道理。本来这种征求的本意，求以一个人的标准做一切人的标准，好像我只喜欢吃面，你就不能吃米，完全是一种错误见解。各人的天资、兴趣、环境、职业不同，你怎么能定出万应灵丹似的十种书，供天下无量数青年读之都能感觉同样趣味，发生同样效力?

我为了写这封信给你，特地去调查了几个英国公共图书馆。他们的青年读物部最流行的书可以分为四类：（一）冒险小说和游记，（二）神话和寓言，（三）生物故事，（四）名人传记和爱国小说。其中代表的书籍是凡尔纳的《八十天环游地球》（*Jules*

Verne：*Around the World in Eighty Days*）和《海底二万浬》（*Twenty Thousand Leagues Under the Sea*），笛福的《鲁滨孙漂流记》（Defoe：*Robinson Crusoe*），大仲马的《三剑客》（*A. Dumas*：*Three Musketeers*），霍桑的《奇书》和《丹谷闲话》（*Hawthorne*：*Wonder Book and Tangle Wood Tales*），金斯利的《希腊英雄传》（*Kingsley*：*Heroes*），法布尔的《鸟兽故事》（*Fabre*：*Story Book of Birds and Beasts*），安徒生的《童话》（*Andersen*：*Fairy Tales*），骚塞的《纳尔逊传》（*Southey*：*Life of Nelson*），房龙的《人类故事》（*Vanloon*：*The Story of Mankind*）之类。这些书在国外虽流行，给中国青年读，却不十分相宜。中国学生们大半是少年老成，在中学时代就欢喜像煞有介事地谈一点学理。他们——你和我自然都在内——不仅欢喜谈谈文学，还要研究社会问题，甚至于哲学问题。这既是一种自然倾向，也就不能漠视，我个人的见解也不妨提起和你商量商量。十五六岁以后的教育宜注重发达理解，十五六岁以前的教育宜注重发达想象。所以初中的学生们宜多读想象的文字，高中的学生才应该读含有学理的文字。

谈到这里，我还没有答复应读何书的问题。老实说，我没有能力答复，我自己便没曾读过几本“青年必读书”，老早就读些壮年必读书。比方在中国书里，我最欢喜《国风》、《庄子》、《楚辞》、《史记》、《古诗源》、《文选》中的书笺、《世说新语》、《陶渊明集》、《李太白集》、《花间集》、张惠言《词选》、《红楼梦》等等。在外国书里，我最欢喜济慈（Keats）、雪莱（Shelly）、柯尔律治（Coleridge）、布朗宁（Browning）诸人的诗集，索福克勒斯（Sophocles）的七悲剧，莎士比亚的《哈姆雷特》（*Shakespeare*：*Hamlet*）、《李尔王》（*King Lear*）和《奥瑟罗》（*Othello*），歌德的《浮士德》（*Goethe*：*Fauts*），易卜生（Ibsen）的戏剧集，屠格涅夫（Turgenef）的《处女地》（*Virgin Soil*）和《父与子》（*Fathers and Children*），陀思妥也夫斯基的《罪与罚》（*Dostoyevsky*：*Crime and Punishment*），福楼拜的《包法利夫人》（*Flaubert*：*Madame Bovary*），莫泊桑（Maupassant）的小说集，小泉八云（Lafcadio Hearn）关于日本的著作等等。如果我应北平《京报·副刊》的征求，也许把这些古董洋货捧上，凑成“青年必读书十种”。但是我知道这是荒谬绝伦。所以我现在不敢答复你应读何书的问题。你如果要知道，你应该去请教你所知的专门学者，请他们各就自己所学范围以内指定三两种青年可读的书。你如果请一个人替你面面俱到的设想，比方他是学文学的人，他也许明知青年必读书应含有社会问题、科学常识等等，而自己又没甚把握，姑且就他所知的一两种拉来凑数，你就像问道于盲了。同时，你要知道读书好比探险，也不能全靠别人指导，你自己也须得费些工夫去搜求。我从来没有听见有人按照别人替他定的“青年必读书十种”或“世界名著百种”读下去，便成就一个学者。别人只能介绍，抉择还要靠你自己。

关于读书方法。我不能多说，只有两点须在此约略提起。第一，凡值得读的书至少须读两遍。第一遍须快读，着眼在醒豁全篇大旨与特色。第二遍须慢读，须以批评态度衡量书的内容。第二，读过一本书，须笔记纲要、精彩和你自己的意见。记笔记不仅可以帮助你记忆，而且可以逼得你仔细，刺激你思考。记着这两点，其他琐细方法便用不着说。各人天资、习惯不同，你用哪种方法收效较大，我用哪种方法收效较大，不是一概而论的。你自己终久会找出你自己的方法，别人决不能给你一个方单，使你可以“依法炮制”。

你嫌这封信太冗长了吧？下次谈别的问题，我当力求简短。再会！

你的朋友 光潜

谈理想的青年

一切道德行为都由意志力出发。

意志的“力”固然起于知识与信仰，

似乎也有几分像水力、电力、蒸汽力，

还是物质的动作发生出来的。

朋友：

你问我一个青年应该悬什么样一个标准，做努力进修的根据。我觉得这问题很难笼统地回答，因为人与人在环境、资禀、兴趣各方面都不相同，我们不能定一个刻板公式来适用于每个事例。不过无论一个人将来干哪一种事业，我以为他都需要四个条件。

头一项是运动选手的体格。我把这一项摆在第一，因为它是其他各种条件的基础。我们民族对于体格向来不很注意。无论男女，大家都爱亭亭玉立、弱不禁风那样的文雅。尤其在知识阶级，黄皮刮瘦，弯腰驼背，几乎是一种共同的标帜。说一个人是“纠纠武夫”，就等于骂了他。我们都以“精神文明”自豪，只要“精神”高贵，肉体值得什么？这种错误的观念流毒了许多年代，到现在我们还在受果报。我们在许多方面都不如人，原因并不在我们的智力低劣。就智力说，我们比得上世界上任何民族。我们所以不如人者，全在旁人到六七十岁还能奋发有为，而我们到了四十岁左右就逐渐衰朽；旁人可以有时间让他们的学问、事业成熟，而我们往往被逼迫中途而废；旁人能作最后五分钟的奋斗，我们处处显得是虎头蛇尾。一个身体羸弱的人不能是一个快活的人，你害点小病就知道；也不能是一个心地慈祥的人，你偶尔头痛牙痛或是大便不通，旁人的言动笑貌分外显得讨厌。如果你相信身体羸弱不妨碍你做一个有道德的人，援甘地为例，那我就要问你：世间数得出几个甘地？而且甘地是否真像你们想象的那样羸弱？一切道德行为都由意志力出发。意志的“力”固然起于知识与信仰，似乎也有几分像水力、电力、蒸汽力，还是物质的动作发生出来的。这就是说，它和体力不是完全无关。世间意志力最薄弱的人怕要算鸦片烟鬼，你看过几个烟鬼身体壮健？你看过几个烟鬼不时常在打坏主意？意志力薄弱的人都懒，懒是万恶之源。就积极方面说，懒人没有勇气，应该奋斗时不能奋斗，遇事苟且敷衍，做不出好事来。就消极方面说，懒人一味朝抵抗力最低的路径走，经不起恶势力的引诱，惯欢喜做坏事。懒大半由于体质弱，燃料不够，所以马达不能开满。“健全精神宿于健全身体。”身体不健全而希望精神健全，那是希望奇迹。

其次是科学家的头脑。生活时时刻刻要应付环境，环境有应付的必要，就显得它有困难有问题。所以过生活就是解决环境困难所给的问题，做学问如此，做事业如此，立身处世也还是如此。一切问题的解决方法都须遵照一个原则，在紊乱的事实中找出些条理秩序来。这些条理秩序就是产生答案的线索，好比侦探个案件。你第一步必须搜集有关的事实，没有事实做根据。你无从破案，有事实而你不知怎样分析比较，你还是不一定能破案。会尊重事实，会搜集事实，会见出事实中间的关系，这就是科学家的本领。要得到这本领，你必须冷静、客观、虚心、谨慎，不动意气，不持成见，不因个人利害打算而歪曲真理。合理的世界才是完美的世界，世界所以有许多不合理的地方，就因为大部分人没有科学的头脑，见理不透。比如说，社会上许多贪污枉法的事，做这种事的人都有一个自私的动机，以为损害了社会，自己可以占便宜。其实社会弄得不稳定了，个人决不能享安乐。所以这种自私的人还是见理不透，没有把算盘打清楚。要社会一切合理化，要人生合理化，必须人人都明理，都能以科学的头脑去应付人生的困难。单就个人来说，一个头脑糊涂的人能在学问或事业上有伟大的成就，我是没有遇见过。

第三是宗教家的热忱。“过于聪明”的人（当然实在还是聪明不够）有时看空了一切，以为是非、善恶、悲喜、成败反正都不过是那么一回事。让它去，干我什么？他们说：“安邦治国平天下，自有周公孔圣人。”人人都希望旁人做周公、孔圣人，于是安邦治国平天下就永远是一场幻梦。宗教家大半盛于社会紊乱的时代，他们看到人类罪孽痛苦，心中起极大的悲悯，于是发下志愿，要把人类从水深火热中拯救出来，虽然牺牲了自己，也在所不惜。孔子说："鸟兽不可与同群，吾非斯人之徒与而谁与？天下有道，丘不与易也。"释迦说："我不入地狱，谁入地狱？"这都是宗教家的伟大抱负。他们不但发愿，而且肯拼命去做。耶稣的生平是极好的例证，他为着要宣传他的福音，不惜抛开身家妻子，和犹太旧教搏斗，和罗马帝国搏斗，和人世所难堪的许多艰难困苦搏斗，而终之以一死，终于以一个平民的力量掉翻了天下。古往今来许多成大事业者虽不必都是宗教家，却大半有宗教家的热忱。他们见得一件事应该做，就去做，就去做到底，以坚忍卓绝的精神战胜一切困难，百折不回。我们现在所处的是一个紊乱时代，积重难返，一般人都持鱼游釜中或是鸵鸟把眼睛埋在沙里不去看猎户的态度，苟求一日之安，这时候非有一种极大的力量不能把这局面翻转过来。没有人肯出这种力量，或是能出这力量，除非他有宗教家的慈悲心肠和宗教家的舍己为人奋斗到底的决心毅力。

最后是艺术家的胸襟。自然节奏有起有伏，有张有弛，伏与弛不单是为休息，也不单是为破除单调，而是为精力的生养储蓄。科学易流于冷酷干枯，宗教易流于过分刻苦，它们都需要艺术的调剂。艺术是欣赏，在人生世相中抓住新鲜有趣的一面而流连玩索；艺术也是创造，根据而又超出现实世界，刻绘许多可能的意象世界出来，以供流连玩索。有艺术家的胸襟，才能彻底认识人生的价值，有丰富的精神生活，随处可以吸收深厚的生命力。我们一般人常困于饮食男女功名利禄的营求，心地常是昏浊，不能清明澈照；一个欲望满足了，另一个欲望又来，常是在不满足的状态中，常被不满足驱遣作无尽期的奴隶。名为一个人，实在是一个被动的机械，处处受环境支配，作不得自家的主宰。在被驱遣流转中，我们常是仓皇忙迫，尝无片刻闲暇，来凭高看一看世界，或是回头看一看自己；不消说得，世界对于我们是呆板的，自己对于我们也是空虚的。试问这种人活着有什么意味？能成就什么学问、事业？所谓艺术家的胸襟就是在有限世界中做自由人的本领；有了这副本领，我们才能在急忙流转中偶尔驻足作一番静观默索，作一番反省回味，朝外可以看出世相的庄严，朝内可以看出人心的伟大。并且不仅看，我们还能创造出许多庄严的世相，伟大的人心。在创造时，我们依然是上帝，所以创造的快慰是人生最大的快慰。创造的动机是要求完美，迫令事实赶上理想；我们要把现实人生、现实世界改造得比较完美，也还是起于艺术的动机。

如果一个人具备这四大条件，他就不愧为完人了。我并不认为他是超人，因为体育选手、科学家、宗教家、艺术家，都不是神话中的人物，而是世间有血有肉的真实人物。以往有许多人争取过这些名号的。人家既然可以做得到，我就没有理由做不到。我们不能妄自菲薄，自暴自弃。

（载《青年杂志》第一卷第三期，1943年8月）

每个人的生命史，都是他自己的作品

在急忙流转中偶尔驻足作一番静观默索，作一番反省回味，

朝外可以看出世相的庄严，朝内可以看出人心的伟大。

后门大街

别说后门大街平凡，它有的是生命和变化！

只要你有好奇心，肯乱窜，

在这不满半里路长的街上和附近，你准可以不断地发现新世界。

人生第一乐趣是朋友的契合。假如你有一个情趣相投的朋友居在邻近，风晨雨夕，彼此用不着走许多路就可以见面，一见面就可以毫无拘束地闲谈，而且一谈就可以谈出心事来，你不嫌他有一点怪脾气，他也不嫌你迟钝迂腐，像约翰逊和鲍斯韦尔在一块儿似的，那你就没有理由埋怨你的星宿。这种幸福永远使我可望而不可攀。第一，我生性不会谈话，和一个朋友在一块儿坐不到半点钟，就有些心虚胆怯，刻刻意识到我的呆板干枯叫对方感到乏味。谁高兴向一个只会说“是的”“那也未见得”之类无谓语的人溜嗓子呢？其次，真正亲切的朋友都要结在幼年，人过三十，都不免不由自主地染上一些世故气，很难结交真正情趣相投的朋友。“相识满天下，知心能几人？”

虽是两句平凡语，却是慨乎言之。因此，我唯一的解闷的方法就只有逛后门大街。

居过北平的人都知道北平的街道像棋盘线似的依照对称原则排列。有东四牌楼就有西四牌楼，有天安门大街就有地安门大街。北平的精华可以说全在天安门大街。它的宽大、整洁、辉煌，立刻就会使你觉到它象征一个古国古城的伟大雍容的气象。地安门（后门）大街恰好给它做一个强烈的反衬。它偏僻、阴暗、湫隘、局促，没有一点可以叫一个初来的游人留恋。我住在地安门里的慈慧殿，要出去闲逛，就只有这条街最就便。我无论是阴晴冷热，无日不出门闲逛，一出门就很机械地走到后门大街。它对于我好比一个朋友，虽是平凡无奇，因为天天见面，很熟悉，也就变成很亲切了。

从慈慧殿到北海后门比到后门大街也只远几百步路。出后门，一直向北走就是后门大街，向西转稍走几百步路就是北海。后门大街我无日不走，北海则从老友徐中舒随中央研究院南迁以后（他原先住在北海），我每周至多只去一次。这并非北海对于我没有意味，我相信北海比我所见过的一切园子都好，但是北海对于我终于是一种奢侈，好比乡下姑娘唯一的一件漂亮衣，不轻易从箱底翻出来穿一穿的。有时我本预备去北海，但是一走到后门，就变了心眼，一直朝北去走大街，不向西转那一个弯。到北海要买门票，花二十枚铜子是小事，免不着那一层手续，究竟是一种麻烦；走后门大街可以长驱直入，没有站岗的向你伸手索票，打断你的幻想。这是第一个分别。在北海逛的是时髦人物，个个是衣裳楚楚，油头滑面的。你头发没有梳，胡子没有光，鞋子也没有换一双干净的，“囚首垢面而谈诗书”，已经是大不韪，何况逛公园？后门大街上走的尽是贩夫走卒，没有人嫌你怪相，你可以彻底地“随便”。这是第二个分别。逛北海，走到“仿膳”或是“漪澜堂”的门前，你不免想抬头看看那些喝茶的中间有你的熟人没有，但是你又怕打招呼，怕那里有你的熟人，故意地低着头匆匆地走过去，像做了什么坏事似的。在后门大街上你准碰不见一个熟人，虽然常见到彼此未通过姓名的熟面孔，也各行其便，用不着打无谓的招呼。你可以尽量地饱尝着“匿名者”（incognito）的心中一点自由而诡秘的意味。这是第三个分别。因为这些缘故，我老是牺牲北海的朱梁画栋和香荷绿柳而独行踽踽于后门大街。

到后门大街我很少空手回来。它虽然是破烂，虽然没有半里路长，却有十几家古玩铺，一家旧书店。这一点点缀可以见出后门大街也曾经过一个繁华时代，阅历过一些沧桑岁月，后门旧为旗人区域，旗人破落了，后门也就随之破落。但是那些破落户的破铜破铁还不断地送到后门的古玩铺和荒货摊。这些东西本来没有多少值得收藏的，但是偶尔遇到一两件，实在比隆福寺和厂甸的便宜。我花过四块钱买了一部明初拓本《史晨碑》，六块钱买了二十几锭乾隆御墨，两块钱买了两把七星双刀，有时候花几毛钱买一个瓷瓶、一张旧纸，或是一个香炉。这些小东西本无足贵，但是到手时那一阵高兴实在是很值得追求，我从前在乡下时学过钓鱼，常蹬（蹲）半天看不见浮标幌影子，偶然钓起来一个寸长的小鱼，虽明知其不满一咽，心里却非常愉快，我究竟是钓得了，没有落空。我在后门大街逛古董铺和荒货摊，心情正如钓鱼。鱼是小事，钓着和期待着有趣，钓得到什么，自然更是有趣。许多古玩铺和旧书店的老板都和我由熟识而成好朋友。过他们的门前，我的脚不由自主地踏进去。进去了，看了半天，件件东西都还是昨天所见过的。我自己觉得翻了半天还是空手走，有些对不起主人；主人也觉得没有什么新东西可以卖给我，心里有些歉然。但是这一点不尴尬，并不能妨碍我和主人的好感，到明天，我的脚还是照旧地不由自主地踏进他的门，他也依旧打起那副笑面孔接待我。

后门大街龌龊，是毋庸讳言的。就目前说，它虽不是贫民窟，一切却是十足的平民化。平民的最基本的需要是吃，后门大街上许多活动都是根据这个基本需要而在那里川流不息地进行。假如你是一个外来人在后门大街走过一趟之后，坐下来搜求你的心影，除着破铜破铁、破衣破鞋之外，就只有青葱大蒜、油条烧饼和卤肉肥肠，一些油腻腻、灰灰土土的七三八四和苍蝇骆驼混在一堆在你的昏眩的眼帘前幌影子。如果你回想你所见到的行人，他不是站在锅炉旁嚼烧饼的洋车夫，就是坐在扁担上看守大蒜咸鱼的小贩。那里所有的颜色和气味都是很强烈的。这些混乱而又秽浊的景象有如陈年牛酪和臭豆腐乳，在初次接触时自然不免惹起你的嫌恶；但是如果你尝惯了它的滋味，它对于你却有一种不可抵御的引诱。

别说后门大街平凡，它有的是生命和变化！只要你有好奇心，肯乱窜，在这不满半里路长的街上和附近，你准可以不断地发现新世界。我逛过一年以上，才发现路西一个夹道里有一家茶馆。花三大枚的水钱，你可以在那儿坐一晚，听一部《济公传》或是《长坂坡》。至于火神庙里那位老拳师变成我的师傅，还是最近的事。你如果有幽默的癖性，你随时可以在那里寻到有趣的消遣。有一天晚上我坐在一家旧书铺里，从外面进来一个跛子，向店主人说了关于他的生平一篇可怜的故事，讨了一个铜子出去，我觉得这人奇怪，就起来跟在他后面走，看他跛进了十几家店铺之后，腿子猛然直起来，踏着很平稳安闲的大步，唱“我好比南来雁”，沉没到一个阴暗的夹道里去了。在这个世界里的人们，无论他们的生活是复杂或简单，关于谁你能够说“我真正明白他的底细”呢？

一到了上灯时候，尤其在夏天，后门大街就在它的古老躯干之上尽量地炫耀近代文明。理发馆和航空奖券经理所的门前悬着一排又一排的百支烛光的电灯，照相馆的玻璃窗里所陈设的时装少女和京戏名角的照片也越发显得光彩夺目。家家洋货铺门上都张着无线电的大口喇叭，放送京戏、鼓书、相声和说不尽的许多其他热闹玩意儿。这时候后门大街就变成人山人海，左也是人，右也是人，各种各样的人。少奶奶牵着她的花簇簇的小儿女，羊肉店的老板扑着他的芭蕉叶，白衫黑裙和翻领卷袖的学生们抱着膀子或是靠着电线杆，泥瓦匠坐在阶石上敲去旱烟筒里的灰，大家都一齐心领神会似的在听，在看，在发呆。在这种时会，后门大街上准有我；在这种时会，我丢开几十年教育和几千年文化在我身上所加的重压，自自在在地沉没在贤愚一体、皂白不分的人群中，尽量地满足牛要跟牛在一块、蚂蚁要跟蚂蚁在一块那一种原始的要求。我觉得自己是这一大群人中的一个人，我在我自己的心腔血管中感觉到这一大群人的脉搏的跳动。

后门大街。对于一个怕周旋而又不甘寂寞的人，你是多么亲切的一个朋友！

1936年

谈晦涩

如果一首诗对于诗人自己和对于读者都一样是晦涩，
那只有两种可能，不是作者有意遮饰所传达的东西很平凡，
就是他力不从心，传达的技巧幼稚。

我个人对于诗的显晦问题，已经写过几篇文章了，实无须再来饶舌。现在新诗社邀我参加这次讨论，我姑且很简赅地总束鄙见，并对于从前写的文章略加补充。

首先要正名。“晦涩”两个字加在诗传达上究竟是一个污点。诗是一种以语言文字为传达媒介的艺术。传达的必要起于诗人心中有话不能不说，要把自己所感到的说出来让旁人也能感到。它的社会性是不能抹煞的。一个真正的诗人没有不要求最高度的完美。所谓“完美”就是内容与形式欣合无间，所说的恰是所感的。所以一首好诗在诗人自己的心中大概没有是晦涩的。如果一首诗对于诗人自己和对于读者都一样是晦涩，那只有两种可能，不是作者有意遮饰所传达的东

西很平凡，就是他力不从心，传达的技巧幼稚。在事实上现在有些新诗不免犯这两种毛病。我们对于技巧幼稚的还可原谅，对于“以艰深文浅陋”的应该深恶痛嫉，因为这种“沐猴而冠”的伎俩起于智识上的欺诈，让真正的新诗遭了许多不白之冤。我们不能把“晦涩”悬为诗的一种理想。

我们现在丢开坏诗不谈，单谈真正是诗的作品。我以为与其说明白与晦涩，不如说易懂与难懂。晦涩的诗无可辩护，而难懂的诗却有理由存在。我在《大公报》文艺栏发表的《心理上个别的差异与诗的欣赏》一文里说过：

> 凡是好诗对于能懂得的人大半是明白清楚的。这里“能懂得”三个字最吃紧。懂得的程度随人而异。好诗有时不能叫一切人懂得，对于不懂得的人就是不明白清楚。所以离开读者的了解程度而言，明白清楚对于评诗不是一个绝对的标准。

我着重“懂”字，用意是把问题从诗的本身移到诗与读者的关系上去。就诗的本身说，我已经说过，它应该是可懂的而不是晦涩的；就诗与读者的关系说，诗的可懂程度随读者的资禀、训练、趣味等而有个别的差异。“晦涩”两个字也常被人用来形容难懂的好诗，作为一种谩骂。我在《大公报》那篇文章里对于个别的差异已详加分剖，无用复述；现在只说一般人所骂为“晦涩”的有时是难懂的好诗，以及它难懂的缘故。

我们姑且把诗人所要说的思想和情调叫做意境，把他所说出来的叫做语言。这两成分本是密切相关的，不能分剖。不过为说话便利起见，我们不妨把它们分开来说。诗的难懂在语言亦在意境。中国人向有“言近旨远”的说法。在言近旨远时，语育的易懂不能保障意境的易懂，陶渊明的诗可以为例。但是“旨远”有时可以“言近”，亦有时不可以“言近”。意境难，语言也往往因之而难，李长吉和李义山比元稹、白居易难懂，是同时在意境和语言两方面见出的。

语言可分义的组织和音的组织两点来说。前者属于文法，后者属于音韵学。义的组织大半取决于文法的惯例。这在每国语言里都很根深蒂固，如何想，如何说，如何写，都因习惯成为自然。诗人在大体上都得接受这个习惯，纵然在选字、配字两方面每人有每人的个性，总不至于把文法的基础完全放弃。布朗宁和韩退之式的诘屈聱牙终不能成为了解他们的诗的障碍。所以诗在语言方面的难懂，起于义的组织者非常微细。纵然偶有困难，那也是读者可用努力征服的。

音的组织可就不然。这是情调思致所伴的生理变化的微妙痕迹。诗是情感的语言，而情感的变化最直接的表现是声音节奏。这是诗的命脉。读一首好诗，如果不能把它的声音节奏的微妙起伏抓住，那根本就是没有领略到它的意味。不幸得很，诗的这个最重要的成分却也是最难的成分。大多数人对于声音的反应都非常迟钝。心理学家对于不能辨别红绿青黄的人有“色盲”（colour blind）一个名词可用，我想他们也应该造“音聋”一个名词，这是很需要的。我们大部分人多少都是“音聋”。这并非说对于一切诗都聋，只是对于某种音无感觉力。比如英国批评家约翰逊博士只喜欢听“联韵”诗（heroic couplet）而不能欣赏弥尔顿的“无韵五节格”（blank verse）便是“音聋”的好例。“音聋”有起于先天的，有起于种族差别的，也有起于习惯与修养的。中国人读外国诗，或是英国人读法国诗，无论是修养如何深厚，在声音上总有一层隔阂。读惯旧诗的人一读诗就期待五七言的音的模型，对于本有音乐性的新诗总觉得不顺口、不顺耳。这只是就粗浅的说。如说得更严密一点，每个诗人甚至于他的每一首诗，因为是一种特殊个性与特殊情趣的表现，都有它的特殊的声音节奏。这是自然流露，不必出诸有意造作，所以诗人自己也往往不能加以分析说明，甚至于有些诗人因没有意识到音乐性的存在而根本否认它的存在。诗的最难懂的——一般人所谓“晦涩”的——一部分就是它的声音节奏。现在一般谈诗的清楚与晦涩的人们根本就不提这一点，他们仿佛以为只要语言意义明白清楚了，诗也一定是明白清楚的。这似乎是没有认清问题的症结所在。

在这一切中最难懂的是声音节奏，新诗除这一层之外，又另有一个特殊的难关，就是意境。诗是创造，诗的世界是根据个人当时当境的观感，在现实的基础上新加整理组织的世界。这种组织和日常习惯所接触的现象组织（即通常所谓现实世界）往往相悬殊。第一是诗有所选择，所给的事物价值不一定依习惯的标准；第二是选择以后的配合，诗在事物中所见到的关系条理与一般人所惯见的关系条理也不尽相符。诗人的意境难易即起于这两层悬殊的大小。一般易懂的诗所用的选择配合大半是人所习见的。选择配合的方法愈不习见，愈使人难懂。依我个人的经验来说，新诗使我觉得难懂，倒不在语言的晦涩，而在联想的离奇。想既可联，必有联的线索，有线索即有踪可寻，不至于难懂。难懂的原因是诗人在起甲与丁联想时，其中所经过的乙与丙的联锁线也许只存在于潜意识中，也许他认为无揭出的必要而索性把它们省略去，在我们习惯由甲到乙，由乙到丙，再由丙到丁的联想方式的人们，骤然看见由甲直接跳到丁，就未免觉得它离奇“晦涩”了。诗的新鲜往往就在这种联想的突然性，而同时这种突然性又基于必然性。这个道理牵涉到想象以及“譬喻语”诸问题，非本文所能详论。使联想有突然性而同时又有必然性，这是诗人所要走的难关；见到它的突然性而同时又见到它的必然性，这是读者所要走的难关。诗两种难关都非常微妙，差之毫厘，便谬以千里。诚实是诗人的责任，努力求领悟是读者的责任。读者费极大努力而发见所得不偿所失，咎在诗人；以习惯的陈腐的联想方法去衡量诗人，不努力求了解而徒责诗人晦涩不可解，咎在读者。为新诗的前途设想，新诗人和新诗的读者都要有一番反省，要问“晦涩”的错处究竟落在谁身上。让我重复地说一句：诚实是诗人的责任，努力求领悟是读者的责任!

（载《新诗》第二卷第二期，1937年5月）

露宿

天上薄云流布，看不见星月。

河里平时应该有货船和渔船，这时节都逃难去了，

只留着一河死水，对岸几只电灯的倒影，

到了下半夜也显得无神采了。

由平到津的车本来只要走两三点钟就可达到，我们那天——八月十二日，距北平失陷半月——整整地走了十八个钟头。晨八时起程，抵天津老站已是夜半。原先我们听人说，坐上外国饭店的车就可以闯进租界，可是那一天几家外国饭店的汽车绝对不肯通融，私车、人力车，乃至于搬夫是一概没有。车站距法租界还有一里路左右，这条路在夜间无人辨出。我们因为找车耽搁了时间，已赶不上跟大队人马走。走出了车站就算逃出了恐怖窟，所以大家走得快，车上那样多的人，一霎儿都散开不见了。我们路不熟，遥遥望着前面几个人影子走，马路两旁站着预备冲锋似的日本兵，刺刀枪平举在手里，大有一

触即发之势。我们的命就悬在他们的枪口刀锋之上，稍不凑巧，拨刺一声，便完事大吉。没有走上几步路，就有五六个日本兵拦路吼一声，叫我们站住。我们一行四人，我以外有杨希声、上官碧和黄子默，都说不上强壮，手里都提着一个很沉重的行李箱，走得喘不过气来。听到日本兵一吼，落得放下箱子喘一口气。上官碧是当过兵、走过江湖的，箱子一放下，就把两手平举起来，他知道对付拦路打劫的强盗例应如此。在这样姿势中他让日本兵遍身捏了一捏，自动地把袋里一个小皮包送过去，用他本有的温和的笑声说："我们没有带什么，你看。"包里所藏的原来是他预备下以后漂泊用的旅费和食粮，其他自然没有什么可搜。书！知识分子的标记——自然不便带，连名片也难免惹祸事，几个通信地址是写在草纸上藏在衣角里的。

通过了这一关，我们走到万国桥。中国界与法租界相隔一条河，万国桥就跨在这条河上。桥这边是阴森恐怖，桥那边便是辉煌安逸。冲进租界么？没有通行证。回到车站么？那森严的禁卫着实是面目狰狞，既出了虎口自然犯不着再入虎口。到被占领的地带歇店么？被敌兵拷问是没有人替你叫冤的。于是我们五六百同难者，除了少数由亲友带通行证接进租界去者以外，就只有在万国桥头的长堤上和人行道上露宿。这到底还是比较安全的地方，桥头站着几个法国巡捕，在他们的目光照顾之下，我们似乎得到一种保障。

时间是夜半过了。天上薄云流布，看不见星月。河里平时应该有货船和渔船，这时节都逃难去了，只留着一河死水，对岸几只电灯的倒影，到了下半夜也显得无神采了。白天里在车上闷热了一天，难得这露天里一股清凉气。但是北方的早秋之夜就寒得彻骨，我们还是穿着白天里所穿的夏衣。起初下车出站时照例有喧哗嘈杂，各人心里都有几分兴奋。后来有亲友来接的进租界去了，不能进租界的也只好铺下毯子或大衣在人行道上躺起了。寒夜的感觉，别离的感觉和流亡的感觉就都来临了。

夜，沉闷，却并不寂静，隐隐约约的炮声常从南面传来，在数十里路之外，我们的兵还在反攻，谣传一两天之内就有抢夺天津车站的企图。这几天敌军的调动异常忙碌，他们出营回营都必须经过万国桥。我们躺在堤上和人行道上，中间的马路是专为他们走的，有时堤上和人行道上的“难民”互通消息，须得穿过这马路。敌兵快要来了，中国警察——那时警察还是中国人——就执着鞭子——他们没有枪——咆哮着驱逐过路的人，像赶牛赶猪似的。兵经过之前，“难民”中若是有一个人伸一伸腰干，甚至于拍一霎儿头，警察便用鞭子指着他责骂一阵。从前皇帝出巡时，沿途警辟，声势想系如此。敌军过去了，警察们用半似解释半似恫吓的口吻向我们说：“都是中国人，哪有不相卫护。诸位不知道，他们不是好惹的，若是抓了去，说不定就要送性命。”这一夜中一直到天明我们离开万国桥时为止，敌军来来往往，川流不息。有从前方开回来的伤兵，他们坐的大半是大兵车，上面蒙着油布，下面说不定还有尸体，露头面到油布外面来看的大半是用白布捆着头或手臂的。开赴前方的队伍很整秩，但是异常匆忙。步兵跟着马兵一齐跑，辎兵有许多用双手把子弹箱擎在肩上跟着步兵一齐跑。他们不出声息，面部也丝毫没有表情，像一大群机器人，挺着脖子向前闯。

到了两三点钟的时候，警察告诉我们，日本兵要来盘问一阵，叫我们千万别说自己是教员、学生，最好说做生意，这一来我们须得乔装，在众目昭彰之下，乔装是不可能的。我们四人之中杨希声最易惹注意，他是山东大汉，又穿着一身颇讲究的西装。我呢，穿着我常穿的一件灰布大褂，上官碧也只穿一件古铜色的旧绸袍，到必要时摘下眼镜，都可以冒充一个商店伙计，我们打算好的，招认我们是徽州笔墨商。黄子默本是银行经理，没有问题。只杨希声的那套西装太尴尬，我们都很埋怨他。办法终于是有的，就说他是黄经理的帮办吧。这只还是一场虚惊。敌军随便挑问几个人，也带了几个人去。我们幸而没有被光顾。

我们头一夜就没有睡觉，在闷、热、臭的车中枯坐了十八个钟头，饭没有吃，水没有喝。露宿时本打算胡乱地睡一觉，可是并没有瞌睡，大家只是不断地抽烟，烟越抽，口里越渴燥。上官碧带了两个橙子，四个人分吃，不济事。巡警打了几桶冷水来，人多，一轰而尽。渴还是小事，天老是不亮，亮后又怎样办呢？黄经理自以为有把握，只等天亮打电话叫租界里朋友来接就行了。许多同难者都说租界里只在夜间戒严，天亮时他们自然会让我们进去。上官碧本来事事乐观，杨希声更是好整以暇的绅士，都以为天一亮就有办法。天果然亮了，问电话，华界与租界的电线已断。眼看同难者一批一批地被亲友接进租界去，我们向法国巡警交涉，没有通行证就不能通行，话说得非常干脆。这时候黄经理也没有把握了，上官碧也不乐观了，杨希声的绅士风度也完全消失了，我呢，老是听天由命。大家面面相觑，着急，打没有主意的主意，懊悔不该离北平。天不绝无路之人，有一个同行者替我们带了口信给住在六国饭店的钱端公。若不是钱端公拿通行证来接，说不定第二夜我们还是在万国桥头作难民，或是抓到日本宪兵司令部里去。第二夜下瓢泼大雨，北平来的学生被抓去的有几十人之多。

（载《工作》第二期，1938年4月）

花会

在太阳之下，花光草色如怒火放焰，闪闪浮动，
固然显出山河浩荡、生气蓬勃的景象；
有时春阴四布，小风薄云，苗青鹊静，亦别有一番清幽情致。

紫陌红尘拂面来，无人不道看花回。

——刘禹锡

成都整年难得见太阳，全城的人天天都埋在阴霾里，像古井阑的苔藓，他们浑身染着地方色彩，浸润阴幽、沉寂，永远在薄雾浓云里度过他们的悠悠岁月。他们好闲，却并不甘寂寞，吃饭、喝茶、逛街、看戏，都向人多的处所挤。挤来挤去，左右不过是那几个地方。早上坐少城公园的茶馆，晚上逛春熙路、西东大街以及满街挂着牛肉的皇城坝，你会想到成都人没有在家里坐着的习惯，有闲空总得出门，有热闹总得挨凑进去。成都人的生活可以说是“户外的”，但是

同时也是“城里的”。翻来覆去，总跳不出这个城圈子。五十万的人口，几十方里的面积，形成一种大规模的蜂巢蚁穴。所以表面看来，车如流水马如龙，无处不是骚动，而实际上这种骚动只是蛰伏式的蠕动，像成都一位老作家所说的“死水微澜”。

花会时节是成都人的惊蛰期。举行花会的地方是西门外的青羊宫。这座大道观据说是从唐朝遗留下来的。花会起于何朝何代，尚待考据家去推断，大概来源也很早。成都的天气是著名的阴沉，但在阳春三月，风光却特别明媚。春来得迟，一来了，气候就猛然由温暖而热燥，所以在其他地带分季开放的花卉在成都却连班出现。梅花茶花没有谢，接着就是桃杏，桃杏没有谢，接着就是木槿、建兰、芍药。在三月里你可以同时见到冬春夏三季的花。自然，最普遍的花要算菜花。成都大平原纵横有五六百里路之广。三月间登高一望，视线所能达到的地方尽是菜花、麦苗，金黄一片，杂以油绿，委实是一种大观。在太阳之下，花光草色如怒火放焰，闪闪浮动，固然显出山河浩荡、生气蓬勃的景象；有时春阴四布，小风薄云，苗青鹊静，亦别有一番清幽情致。这时候成都人，无论是男女老少，便成群结队地出城游春了。

游春自然是赶花会。花会之名并不副实。陈列各种时花的地方是庙东南一个偏僻的角落。所陈列的不过是一些普通花卉，并无名品，据说今年花会未经政府提倡，没有往年的热闹，外县以及本城的名园都没有把他们的珍品送来。无论如何，到花会来的人重要目的并不在看花而在凑热闹看人。成都人究竟是成都人，丢不开那古老城市的风俗习惯。花会场所还是成都城市的具体而微。古董摊和书画摊是成都搬来的会府和西玉龙街，铜铁摊是成都搬来的东御街，著名的吴抄手在此有临时分店，临时茶馆、菜馆、面馆更简直都还是成都城里的那种气派。每个菜馆后面差不多都有个篾篷，一个大篾箱似的东西只留着一个方孔做门，门上挂着大红布帘。里面锣鼓喧聒，川戏、相声、扬琴、大鼓、杂耍，应有尽有。纵横不过一里的地方，除着成都城里所有的形形色色之外，还有乡下人摆的竹器、木器、花根、谷种，以至于锄头、菜刀、水桶、烟杆之类。地方小，花样多，所以挤，所以热闹。大家来此，吃、喝、买、卖、耍、看，城里人来看乡下人，乡下人来看城里人，男的来看女的，女的来看男的。好一幅仇十洲的《清明上河图》，虽然它所表现的不尽是太平盛世的攘往熙来的盛况。

除掉几条繁盛街道之外，成都在大体上还保存着古代城市的原始风味。舶来品尽管在电光闪烁之下惊心夺目，在幽暗僻静的街道里，铜铁匠还是用钉、锤、锻生铜制锅制水烟袋，织工们还是在竹框撑紧的蜀锦上一针一线地绣花绣鸟。所有的道地的工商业都还是手工品的工商业。它们的制法和用法都有很长久的传统做基础。要是为实用的，它们必定是坚实耐久；要是为玩耍的，它们必定是精细雅致。一个水桶的提手横木可以粗得像屋梁，一茎狗尾草叶可以编成口、眼、脚、翅全具的蚱蜢或蜻蜓。只要你还保存有几分稚气，花会中所陈列的这些大大小小的物品件件都很可以使你流连。假如你像我的话，有一个好玩的小孩子，你可注意的东西就更多，风车、泥人、木马、小花篮，以及许多形形色色的小玩具都可以使你自慰不虚此行。此外，成都人古董书画之癖在花会里也可以略窥一二。老君堂里外前后的墙壁都挂满着字画，台阶上都摆满着碑帖。自然，像一般的中国人，成都人也很会制造假古董，也很喜欢买假古董。花会之盛，这也是一个原因。

花会之盛还另有一个原因，就是在一般人心理中，青羊宫里所供奉的那位李老君是神通广大的道教祖。青羊者据说是李老君西升后到成都显圣所骑的牲畜。后人纪念这个圣迹，立祠奉祀。于今青羊宫正殿里还有两头青铜铸成的羊子，一牝一牡，牝左牡右。单讲这两匹羊的形样，委实是值得称赞的艺术品。到花会的人少不得都要摸一摸这两匹羊。据说有病的人摸它们一摸，病就会自然痊愈。摸的地方也有讲究，头病摸头、脚病摸脚，错乱不得。古往今来病头病脚以及病非头非脚的地方者大概不少，所以于今这两匹羊周身被摸得精光。羊尚如此，老君本人可知，于是老君堂上满挂着前朝巡抚提督现代省长督军亲书或请人代书的匾额。金光四耀，煞是妙相庄严，到此不由人不肃然起敬，何况青羊宫门坎之高打破任何纪录！祈财、祈子、祈福、祈寿、祈官，都得爬过这高门坎向老君进香。爬这高门坎的身手不同，奇态便不免百出。七八十岁的老太太须得放下拐杖，用双手伏在门坎上，然后徐徐把双脚迈过去。至于摩登小姐也有提起旗袍叉口，一大步就迈过去的。大殿上很整秩地摆着一列又一列的棕制蒲团。跪在蒲团上捧香默祷的有乡下佬，有达官富商，也有脚踏高跟皮鞋、襟口挂着自来水笔的摩登小姐，如上文所云一大步就迈过门户坎的。在这里新旧两代携手言欢，各表心愿。香炉之旁，例有钱桶。花会时钱桶易满。站在香炉旁烧香的道士此时特别显得油光滑面，喜笑颜开。“临邛道士鸿都客，能以精诚致魂魄” ，此风至今未泯也。

成都素有小北平之称。熟习北平的人看到花会自然联想到厂甸的庙会，它们都是交易、宗教、游玩打成一片的。单就陈列品说，厂甸较为丰富精美，但是就天时与地利说，成都花会赶春天在乡村举行，实在占不少的便宜。逛花会不尽是可以凑热闹，买玩意儿，祈财求子，还可以趁风和日暖的时候吐一吐城市的秽浊空气，有如古人的修禊，青羊宫本身固然也不很清洁，那里人山人海中的空气也不见得清新。可是花会逛过了，沿着城西郊马路回城，或是刚出城时沿着城西郊赴花会，平畴在望，清风徐来，路右边一阵又一阵的男男女女带着希望去，左边一阵又一阵的男男女女提着风车或是竹篮回来，真所谓“无边光景一时新”，你纵是老年人，也会觉得年轻十岁了。人过中年，难得常有这样少年的兴致，让我赞美这成都花会啊！

1938年

谈恐惧心理

险境既然不是绝境，它就只有可能性而没有确定性。

一个人当着险境，常是悬在虚空中，

捉摸不定，把握不住，茫然不知所措，于是才感到恐惧。

最近这几个月中，人们都有大难临头的预感，骚动得特别厉害。一会儿大家纷纷抢购粮食，出比市价高几倍的价钱也在所不惜，彷佛以为不如此就会有一天会饿死，像长春人民一样，一会儿大家又纷纷抛售衣物房屋，仿佛以为他们所居的地方危在旦夕，先捞几个现钱再说，到必要时可以逃到他们所想象的安全地带。平津人纷纷逃到京沪，京沪人纷纷逃到平津，像惊鼠似的东奔西窜，惹得交通格外拥挤，秩序格外紊乱。这种惊慌的情形可以从政治、经济、教育、社会种种观点来看，在这里我想只把它当作一个心理学的课题来稍加分析。

一切惊慌、恐惧都起于危险的感觉，而一切危险，分析到究竟，都是对于生命的威胁。贪生是人与一般动物的最强烈的本能。尽管一个生命如何渺小，如何苦痛，尽管它的主子有时对它如何咒骂，真正到它有丧失的危险时，它还是一种“食之无肉，弃之可惜”的鸡肋，它的主子拼命也要把握着不放。就是这种生命的执着引起对于威胁生命的危险情境生恐惧，一切恐惧到头来只不过是“怕死”。

可是一个人如果真正到了绝境，面前只有死路一条，无可避免，恐惧无补于事，他也就不会恐惧。牛羊到了屠场，知道一切都完了，心里冷了下来，也就定了下来。许多死囚很潇洒自在地上刑场，道理也是如此。引起恐惧的危险情境大抵不是绝境。从心理学观点看，恐惧情绪与逃避本能是分不开的，所以恐惧的对象是可逃避的，这逃避的可能在恐惧者的心中还是一线希望。希望本是恐惧的反面，可是二者常在“狼狈为奸”，缺了一个，另一个就不能行。临到一个险境好比站在一面剃刀锋上，倒东则活，倒西则死，望到倒东的可能便起希望，望到倒西的可能便起恐惧。所以贪生与怕死只是一件事的两面相。怕死，对于生就还没有绝望。

险境既然不是绝境，它就只有可能性而没有确定性。一个人当着险境，常是悬在虚空中，捉摸不定，把握不住，茫然不知所措，于是才感到恐惧。所以在恐惧心理状态中，理智难得消醒，知识总是模糊，情境在疑似之中，应付无果决之策，当其境者似有所知，又似无所知。如果毫无所知，他就会糊涂胆大，不知恐惧。“盲人骑瞎马，夜半临深池”，是一个典型的险境，但是盲人自己却若无其事。

如果知道得清清楚楚，把握得住情境，也把握得住自己，他就应付有方，也不会恐惧。比如说生死问题，古今圣贤、豪杰都不在这上面绞脑筋，因为他们“知命”，一切看透了，生和死都只是理所当然。再比如危险境界，像拿破仑那一类冒险家对之也无动于衷，因为他们明白那只是一个待解决的问题，而他们对于那问题的解决抱有坚强的自信。恐惧都表现性格上的一种弱点，或是理智的欠缺，或是意志的薄弱。俗语说得好，“心虚胆怯”。心不虚，胆就不怯。所谓“心虚”就是由于把握不住环境，因而把握不住自己。所以多疑者最易起恐惧，狐鼠是最好的例。

“疑心生暗鬼”，恐惧者由于知解的含糊和自信心的丧失，对于所恐惧的对象常用幻想把它加以夸张放大，望见风就是雨，一两分的危险便夸张放大成为十二万分。往往所谓危险全是一种错觉，“风声鹤唳，草木皆兵”。我自己亲眼见过一件事可以为证。约莫三十年前，我在武昌高师校读书。有一天正午，一百多个同学正在饭厅里吃饭，猛然有几声枪声，顿时全饭厅里的人们都惊慌起来，有躲在饭桌下面的，有拿凳子顶在头上的，有乱窜乱叫的，有用拳头打破玻璃窗打得鲜血淋漓的。我当时没有注意到那响声，所以若无其事，能很清楚地观察到当场的人们那种可怜可笑的神色。由那神色看来，他们仿佛以为那响声起于饭厅建筑本身，他们所恐惧的是那座旧房屋的倒塌，会使他们同归于尽。房屋当然并没有倒塌，而事后调查，那枪声的出发点距饭厅还有一里多路。这也许是一个极端的事例，不过许多

法国印象派画家

阿希尔·拉格《欧德·凯亚胡附近的杏花树》作于1934年

引起惊慌、恐惧的情境往往像这样是错觉所生的幻象，根本不存在，或者不如所想象的那么严重。

恐惧的对象都是经过夸张放大的，在群众中这种夸张放大尤其一放不可收拾。群众是一个两面头的怪物，它可以壮声势也可以寒心胆，一个人怕，不算一回事；周围的人们都怕，那就真正可怕了。若是树上只有一只鸟，你放一声枪，它可能不理睬，纵然飞逃也是懒洋洋的。若是树上有一大群鸟，一声枪响就吓得它们惊叫乱窜。是鸟都飞散了，你从来不会发现有一只大胆的鸟敢留在那里。理由是很简单的。一只孤单的鸟在恐惧中见不到自己恐惧的神色，好比一个声音触不起回响，就不会放大。一大群鸟都恐惧时，每只鸟的恐惧神色都映在余鸟的眼帘里，于是每只鸟就由于同情的回荡，把所见到的许多鸟的恐惧都灌注到他自己的恐惧里去，汇众水于巨流。这是群众心理家们所说的摹拟作用和暗示作用。很显然地这时候引起恐惧的并非当时危险情境本身，而是同类的恐惧的神色。不消说得，这种放大的恐惧要远超过当时危险情境本身所需要的。这可以说是群众的病态心理。一个群众到了染上这种病态时，就失去一切自制力与自信心，什么事也不会成功。俗语说，“兵败如山崩”，就是这个道理。群众也有群众的错觉和幻想，当然也就可以把一个危险情境夸张放大，以讹传讹，往往把真实情况弄得牛头不对马嘴。由于这个缘故，谣言在一个恐慌的群众中特别占势力。

恐惧是一种情绪，根源在逃避本能。依一般心理学家说，凡是情绪和本能在生物进化上都有它们的功用，对于人和动物的生存都有裨益。关于恐惧，我就不免怀疑。恐惧的最常见的后果不外两种。一种是使当事者落到瘫痪状态。请看鼠见着猫或是小动物见着蛇，还没有被捕噬就吓得不能动弹。有时猫还故意把捕得的鼠放去，任它逃而它却吓得不能逃。人也是如此，许多人在惊慌中最常见的反应是“仓皇失措”，不知道怎么办，只好什么都不办。另一种是使当事者落到狂乱状态。应该逃开那危险的局面，他是知道的，可是怎样逃开，他却不知道，于是手慌脚忙，乱冲乱撞，结果往往闯出更大的祸事。许多避难的人并不死于枪林弹雨，而死于拥挤践踏之类意外之灾。我颇疑心恐惧这种情绪在动物的原始阶段或许有它的用处，到了人类现阶段，它就有如盲肠，害多于利。因此，我很同情柏拉图，他认为“理想国”的公民应尽力拔除恐惧的情绪；同时，我也很向往中国先贤所提倡的雍容镇静和大无畏的情神。

（载《周论》二卷十九期，1948年11月19日）

听内心的声音，让自己醒来

自然节奏有起有伏，有张有弛，伏与弛不单是为休息，也不单是为破除单调，而是为精力的生养储蓄。

谈处群（上）

——我们不善处群的病征

民治就是群治，以不善处群的民族采行民治，

必定是有躯壳而无生命，不会成功的。

我们民族性的优点很多，只是不善处群。“一个和尚挑水吃，两个和尚抬水吃，三个和尚没水吃”，这个流行的谚语把我们民族性的弱点表现得最深刻。在私人企业方面，我们的聪明、耐性、刚毅力并不让人，一遇到公众事业，我们便处处暴露自私、孤僻、散漫和推诿责任。这是我们的致命伤，要民族复兴，政治家和教育家首先应锐意改革的就在此点。因为民治就是群治，以不善处群的民族采行民治，必定是有躯壳而无生命，不会成功的。本文拟先分析不善处群的病征，次探病源，然后再求对症下药：

我们不善处群，可于以下数点见出：

一、社会组织力的薄弱。乌合之众不能成群，群必为有机体，

其中部分与部分，部分与全体，都必有密切联络，息息相关，牵其一即动其余。社会成为有机体，有时由自然演变，也有时由人力造作。如果纯任自然，一个一盘散沙的民众可以永远保持散漫的状态。要他团结，不能不借人力。用人力来使一个群众团结，便是组织。群众全体同时自动地把自己团结起来，也是一件不易想象的事。大众尽管同时都感觉到组织团体的必要，而使组织团体成为事实，第一须先有少数人为首领导，其次须有多数人协力赞助。我们缺乏组织力，分析起来，就不外这两种条件的缺乏。社会上有许多应兴之利与应革之弊，为多数人所迫切地感觉到，可是尽管天天听到表示不满的呼声，却从没有一个人挺身而出，领导同表示不满的人们做建设或破坏的工作。比如公路上有一个缺口，许多人在那里跌过跤，翻过车，虽只须一块石头或一挑土可以填起，而走路行车的人们终不肯费一举手之劳。社会上许多事业不能举办，原因一例如此简单。“是非只因多开口，烦恼皆由强出头”，这是我们的传统的处世哲学。事实也确是如此。尽管是大家共同希望的事，你如果先出头去做，旁人会对你加以种种猜疑、非难和阻碍。你显然顾到大众利益，却没有顾到某一部分人的自私心或自尊心，他们自己不能或不肯做领袖，却也不甘心让你做领袖。因此聪明人“不为物先”，只袖手旁观，说说风凉话，而许多应做的事也就搁起。

二、社会德操的堕落。德原无分公私，是德行就必须影响到社会福利，这里所谓社会德操是指社会组织所赖以维持的德操。社会德操不能枚举，最重要的有三种：第一是公私分明。一个受公众信托的人有他的职权，他的责任在行使公众所付与的职权，为公众谋利益。他自然也还可以谋私人的特殊利益，可是不能利用公众所付与的职权。在我国常例，一个人做了官，就可以用公家的职位安插自己的亲戚朋友，拿公家的财产做私人的人情，营私人的生意，填私人的欲壑。这样假公济私，贪污作弊，便是公私不分。此外一个人的私人地位与社会地位应该有分别。比如父亲属政府党，儿子属反对党，在政治上尽管是对立，而在家庭骨肉的分际上仍可父慈子孝。古人大义灭亲，举贤不避亲，同是看清公私界限。现在许多人把私人的恩怨和政治上的是非夹杂不清。是我的朋友我就赞助他在政治上的主张和行动，是我的仇敌我就攻击他在政治上的主张和行动，至于那主张和行动本身为好为坏则漠不置问。我们的政治上许多“人事”的困难都由此而起，这也还是犯公私不分的毛病。第二个重要的社会德操是守法执礼的精神。许多人聚集成为一个团体，就有许多繁复的关系和繁复的活动。繁复就容易凌乱，凌乱就容易冲突。要在繁复之中见出秩序，必定有纪律，使易于凌乱者有条理，易于冲突者各守分相安。无纪律则社会不能存在，无尊重纪律的精神则社会不能维持。所谓纪律就是团体生活的合理的规范，它包含两大因素，一是国家（或其他集团）所制定的法，一是传统习惯所逐渐形成而经验证为适宜的礼。普通所谓“文化”在西文为civilization，照字原说，就是“公民化”或“群化”。“群化”其实就是“法化”与“礼化”。一个民族能守法执礼，才能算是“开化的民族”，否则尽管他的物质条件如何优厚，仍不脱“未开化”的状态。目前我们大多数人似太缺乏守法知礼的精神。比如到车站买票，依先来后到的次序，事本轻而易举，可是一般买票者踊跃争先，十分钟可了的事往往要弄到几点钟才了，三言两语可了的事往往要弄到摩拳擦掌，头破血流才了，结果仍是不公平，并且十人坐的车要挤上三四十人，不管车子出事不出事。这虽是小事，但是这种不守秩序的精神处处可以看见，许多事之糟，就糟于此。第三个重要的社会德操是勇于表示意见，而且乐于服从多数议决案的精神，这可以说是理想的议会精神。民主政治的精义在每个公民有议政的权利。人愈多，意见就愈分歧。议政制度的长处就在让分歧的意见尽量地表现，然后经过充分的商酌，彼此逐渐接近融洽，产生一个比较合理、比较可使多数人满意的办法。一个理想的公民在有机会参与讨论时，应尽量地发表自己的意见，旁人错误时，我应有理由说服他，旁人有理由说服我时，我也承认自己的错误。经过仔细讨论之后，成立了议决案，我无论本来曾否同意，都应竭诚拥护到底。公民如果没有服从多数而打消自己的成见的习惯，民主政治决不会成功，因为全体公民对于任何要事都有一致意见，是一件不容易的事。我们多数人很缺乏这种政治修养。在开会讨论一件事时，大家都噤若寒蝉，有时虽心不谓然而口却不肯说，到了议决案成立之后，才议论纷纷，埋怨旁人不该那样做，甚至别标一帜，任意捣乱。许多公众事业不易举办，这也是一个重要的原因。

保罗·高更（1848—1903）《芙蓉树》作于1892年

法国印象派画家

三、社会制裁力的薄弱。任何复杂社会都不免有恶劣分子在内。坏人的破坏力常大于善人的建设力。在一个群众之中，尽管善人多而坏人少，多数善人成之而不足的事往往经少数坏人败之而有余。要加强善人的力量和减少坏人的力量，必须有强厚的社会制裁力。一个社会里不怕有坏人，而怕没有公是公非，让坏人横行无忌。社会制裁力可分三种：第一是道德风纪。每民族都有他的特殊历史环境所造成的行为理想与规范，成为一种洪炉烈焰，一个人投身其中，不由自主地受它熔化，一个民族的道德风纪就是他的共同目标，共同理想。这共同理想的势力愈坚强，那个民族的团结力就愈紧密，而其中各分子越轨害群的可能性也就愈小。这是最积极最深厚的社会制裁力。其次是法律。每民族对于最普遍的关系和最重要的活动都有明文或习惯规定，某事应该这样做，不应该那样做，是不容人以私意决定的。法有定准，则民知所率从。明知而故犯，法律也有惩处的措置。一般人本大半可与为善，可与为恶，而事实上多数人不敢为恶者，就因为有法律的制裁。中国儒家素来尊德而轻法，其实为一般社会说法，法律是秩序的根据，绝不可少。第三是舆论。舆论就是公是公非。一个人做了好事会受舆论褒扬，做了坏事也免不掉舆论的指摘。人本是社会的动物，要见好于社会是人类天性。羞恶之心和西方人所谓“荣誉意识”是许多德行的出发点，其实仍是起于个人对于社会舆论的顾虑。舆论自然也根据道德与法律，但是它的影响更较广泛，尤其是在近代交通发达、报纸流行的情况之下。在目前我国社会里，这三种社会制裁力却很薄弱。第一，我们当思想剧变之际，青黄不接，道德是人生要义；在现在，道德似成为迂腐的东西，不但行的人少，连谈的人也少。其次，法的精神贵贯彻，有一人破法，或有一事破法，法的威权便降落。我们民族对于法的精神素较缺乏，近来因社会变动繁复，许多事未上轨道，有力者往往挟其力以乱法，狡黠者往往逞其狡黠以玩法，法遂有只为一部分愚弱乡民而设之倾向。我们明知道社会中有许多不合法的事，但是无可如何。第三，舆论的制裁须有两个重要条件。首先人民知识与品格须达到相当的水准，然后所发出的舆论才能真算公是公非。其次政府须给舆论以相当的自由。目前我们人民的程度还没有达到可造成健全舆论的程度。加以舆论本与道德法律有密切关系，道德与法律的制裁力弱，舆论也自然失其凭依。我们的社会中虽不是绝对没有公是公非，而距理想却仍甚远。一个坏人在功利的观点看，往往是成功的人，社会徒惊羡他的成功而抹杀他的坏。“老实”义为“无用”，“恭谨”看成“迂腐”，这是危险现象，看惯了，人也就不觉它奇怪。至于舆论自由问题，抗战时期的国策也把教导舆论比解放舆论看得更重要。

以上所举三点是我们不善处群的最重要病征。三点自然也彼此相关，而此外相关的病征也还不少。但是如果能够把这三种病征除去，这就是说，如果我们富于社会组织力，具有很优美的社会德操，而同时又有强有力的社会制裁，我相信我们处群的能力一定会加强，而民治的基础也更较稳固。

谈处群（中）

——我们不善处群的病因

同属于一群的人必须每个人都意识到自己所属的群，
确实是一个群而不是一班乌合之众，
并且对于这个群有很明了的认识，和它能发生极亲切的交感共鸣。

近代社会心理学家讨论群的成因，大半着重群的分子具有共同性。第一是种族语言的同一，其次则为文化传统，如学术、宗教、政治及社会组织等，没有重要的分歧。有了这些条件，一个群众就会有共同理想、共同情感、共同意志，就容易变为共同行动，如果在这上面再加上英明的领袖与严密的制度，群的基础就很坚固了。拿共同性一个标准来说，我们中华民族似乎没有什么欠缺可指。世界上没有另一个民族在种族语言上比我们更较纯一些，也没有另一个民族比我们有更悠久的一贯的文化传统。然而我们中华民族至今还不能算是一个团结紧密而坚强的群，原因在哪里呢？说起来很复杂。历史环境居一半，教育修养也要居一半。

浅而易见的原因是地广民众。上文列举群的共同性，有一点没有提及，就是共同意识。同属于一群的人必须每个人都意识到自己所属的群，确实是一个群而不是一班乌合之众，并且对于这个群有很明了的认识，和它能发生极亲切的交感共鸣。群的精神贯注到他自己的精神，他自己的精神也就表现群的精神。大我与小我仿佛打成一片，群才坚固结实。所以群的质与量几成反比。群愈大，愈难使它的分子对它有明确的意识，群的力量也就越强。群的意识在欧洲比较分明，就因为欧洲各国大半地窄民寡。近代欧洲国家的雏形是希腊和罗马的“城邦”。城邦的疆域常仅数十里，人口常常不出数千人，有公众集会，全体国民可以出席，可以参与国家大政，他们常在一起过共同的生活。在这种情形之下，群的意识自然容易发达。我们中国从周秦以后，疆域就很广大，人口就很众多。在全体国民一个大群之下，有依次递降的小群。一般人民对于下层小群的意识也很清楚，只是对于最大群的意识都很模糊。孟子谈他的社会理想说：“死徒无出乡，乡田同井，出入相友，守望相助，疾病相扶持。”这是一个很理想的群，但也是一个很小的群，它的存在条件是“死徒无出乡，乡田同井”。一直到现在，我们的乡民还维持着这种原始的群；他们为这种小群的意识所囿，不能放开眼界来认识大群。我们在过去历史上全民族受过几次的威胁而不能用全民族的力量来应付，但是在极大骚动之后，社会基层还很稳定，原因也就在此。可幸者这种情形已在好转中，交通日渐方便，地理的隔阂愈渐减少，而全民族分子中间的接触也就愈渐多。辛亥革命、五四运动和这次的抗战都可以证明我们现在已开始有全民族的意识和全民族的活动。在历史上我们还不曾有过同样的事例。

在地广民众的情形之下，群的组织虽不容易，却也并非绝对不可能。它所以不容易的原因在人民难于聚集在一起作共同的活动，如果有一个共同理想把众多而散处的人民摄引来朝一个目标走，他们仍可成为很有力的群。中世纪欧洲各国割据纷争，政权既不统一，民族与语言又很分歧，论理似不易成群，但是回教徒占领耶路撒冷以后，欧洲人为着要恢复耶稣教的圣地，几度如醉如狂地结队东征。十字军虽不算成功，但可证明地广民众不一定可以妨碍群的团结，只要大家有共同理想，共同意志与共同活动。这次签约反抗轴心侵略的二十六个国家站在一条阵线上成为一个群，也就因为这个道理。从这些事例，我们可以见出要使广大的民众团结成群，首先要他们有共同理想，要尽量给他们参加共同活动的机会。共同活动就是广义的政治活动。所以政治愈公开，人民参加政治活动的机会愈多，群的意识愈易发达，而处群的能力也愈加强。因为这个道理，民族国家人民易成群，而专制国家人民则不易成群。我国过去数千年政体一贯专制，国家的事都由在上者一手包办，人民用不着操劳。在上者是治人者，主动者；人民是治于人者，被动者。在承平时，人民坐享其成，“同焉皆得而不知其所以得”；在混乱时，人民有时被压迫而成群自卫，亦迹近反

法国画家 爱德华·马奈（1832—1883）
《吕埃尔之屋》作于1882年

抗，为在上者所不容，横加摧残压迫。在我国历史上，无群见盛世太平，有群即为纷争攘乱。在这种情形之下，群的意识不发达，群的德操不健全，都是当然的事。

政体既为专制，而社会的基础又建筑于家庭制度。谋国既无机缘，于是人民都集中精力去谋家。在伦理信条上，我们的先哲固亦提倡先国后家，公而忘私，于忠孝不能两全时必先忠而后孝；但在事实上，家的观念却比国的观念浓厚。读书人的最高理想是做官，做官的最大目的不在为国家做事，而在扬名声，显父母。一个人做了官，内亲和外戚都跟着飞黄腾达。你细看中国过去的历史，国家政治常是宫廷政治，一切纷争扰乱也就从皇亲国戚酿起。至于一般小百姓眼睛里看不见国，自然就只注视着家，拼全力为一家谋福利，家与家有时不免有利害冲突，要造成保卫家的势力，于是同姓成为部落，兄弟尽可阋于墙，而外必御其侮。部落主义是家庭主义的伸张，在中国社会里，小群的活动特别踊跃，而大群非常散漫，意见偶有分歧，倾轧冲突便乘之而起，都是因为部落主义在作祟。就表面看，同乡会、同学会、哥老会之类的组织颇可证明中国人能群，但是就事实看，许多不必有的隔阂和斗争，甚至于许多罪恶的行为，都起于这类小组织。小组织的精神与大群实不相容，因为大群须化除界限，而小组织多立界限；大群必扩然大公，而小组织是结党营私。我们中国人难于成立大群，就误在小组织的精神太强烈。

一般人结党多为营私，所以“孤高自赏”的人对于结党都存着很坏的观感。“狐群狗党”是中国字汇中所特有的成语，很充分表现中国人对于群与党的鄙视。狐狗成群结党，洁身自好者不肯同流合污，甚至以结党为忌。这是一个极不幸的现象。善人既持高超态度，遇事不肯出头，纵出头也无能为力，于是公众事业都落在宵小的手里，愈弄愈糟。成群结党本身并非一件坏事，尤其在近代社会，个人的力量极有限，要做一番有价值的事业，必须有群众的势力。结党的目的在造成群众的势力，我们所当问的不是这种势力应否存在，而是它如何应用。恶人有党，善人没有党就不能抵御他们。这个道理很浅，而我国知识分子常不了解，多少是受了已往道家隐士思想的影响，道家隐士思想起源于周秦社会混乱的时代，是老于世故者逃避世故的一套想法。他们眼见许多建设作为徒滋纷扰，遂怀疑到社会与文化，主张归真返朴，人各独善其身。长沮、桀溺向子路讥诮富于事业心的孔子说：“滔滔者天下皆是也，而谁以易之？且尔与其从避人之士也，岂若从避世之士哉？”他们不但要“避人”，还要“避世”。庄子寓言中有许多让天下和高蹈的故事。后来士流受这一类思想的影响很深，往往以“超然物表”“遗世独立”相高尚，仿佛以为涉身仕途便玷污清白。齐梁时有一个周颙，少年时隐居一个茅屋里读书学道，预备媲美巢父、务光。后来他改变志向，应征做官，他的朋友孔稚珪便以为这是一个大耻辱，假周颙所居的北山的口吻，做了一篇“移文”和他绝交，骂他“诱我松桂，欺我云壑，虽假容于江皋，乃缨情于好爵”。这件事很可表现中国士流鄙视政治活动的态度。这种心理分析起来，很有些近代心理学家所说的“卑鄙意识”在内。人人都想抬高自己的身份，觉得社会卑鄙，不屑为伍，所以跳出来站在一边，表示自己不与人同。现在许多人鄙视群众与政治活动，骨子里都有“卑鄙意识”在作祟。据近代社会心理学家说，群众的活动多起于模仿。一种情绪或思想能力一般人所接受的必须很简单平凡，否则曲高和寡。所以群众所表现的智慧与德操大半很低，易于成群的人也必须易于接受很低的智慧与德操。我们中华民族似比较富于独立性，不肯轻易随人，而好立异为高。宗教情操淡薄由此，群不易组织也由此。

传统的观念与相沿的习惯错误，而流行教育实未能改正这种错误。我始终坚信苏格拉底的一句老话：“知识即德行。”凡是德行缺陷，必定由于知识不彻底。群的组织的最大障碍是自私心。存自私心的人多抱着“各人自扫门前雪，不管他人瓦上霜”的念头，他们以为损群可以利己，或以为轻群可以重己；其中寡廉鲜耻者玷污责任，假公济私，洁身自好者逃避责任，遗世鸣高。其实社会存在是铁一般的事实，个人靠着社会存在也是铁一般的事实。我们必须接受这些事实，才能生存。社会的福利是集团的福利，个人既为集团一分子，自亦可蒙集团的福利。社会的一切活动最终的努力最后仍是为自己。有人说：“利他主义是彻底的利己主义。”这话实在千真万确。如果全从自己着想而不顾整个社会，像汉奸们为着几个卖身钱作敌人的走狗，实在是短见，没有把算盘打得清楚。他们忘记“皮之不存，毛将焉附”一句话的道理。他们的顽恶由于他们的愚昧，他们的愚昧由于他们所受的教育不够或错误。汉奸如此，一切贪官污吏以及逃避社会责任的人也是如此。“种瓜得瓜，种豆得豆。”掌教育的人们看到社会上许多害群之马，应该有一番严厉的自省！

谈处群（下）

——处群的训练

人群接触，意见难免有分歧，

利益难免有冲突，如果各执己见，势必至于无路可通。

要分歧和冲突化除，必须彼此和平静气地讨论，

在种种可能的结论中寻一个最妥善的结论。

极浅鲜而正当的道理常易被人忽略。一个民族的性格和一个社会的状况大半是由教育和政治形成的。倘若一个民族的性格不健全，或是一个社会的状况不稳定，那唯一的结论就是教育和政治有毛病。这本是老生常谈，但是在现时中国，从事教育者未必肯承认国民风纪到了现有状态时他们的罪过，从事政治者未必肯承认社会秩序到了现有的状态时他们的罪过。大家都觉得事情弄得很糟，可是都把一切罪过推诿到旁人，不肯自省自疚。没有彻底的觉悟，自然也没有彻底的悔改。这是极危险的现象。讳疾忌医，病就会无从挽救。我们需要一番

法国印象派大师

卡米耶·毕沙罗（1830—1903）《蒙马特大街》

严厉的自我检讨，然后才能有一番勇猛的振作。

先说教育。我们在过去虽然也曾特标群育为教育主旨之一，试问一般学校里群育工作究竟做到如何程度？从前北京大学常有同班同斋舍同学们从入学到毕业，三四年之中朝夕相见而始终不曾交谈过一句话。他们自己认为这是北京大学的校风，引为值得夸耀的一件事。一直到现在，还有许多学校里同学们相视，不但如路人，甚至为仇雠，偶遇些小龃龉，便摩拳擦掌，挥戈动武。受教育者所受的教育如此，何能望其善处群？更何能希望其为社会组织的领导？我们的教育所产生的人材不能担当未来的艰巨责任，此其一端。

我们的根本错误在把教育狭义化到知识贩卖。学校的全部工作几限于上课应付考试。每期课程多至十数种，每周上课钟点多至三四十小时。教员力疲于讲，学生力疲于听，于是做人的道理全不讲求。就退一步谈知识，也只是一味灌输死板材料，把脑筋堪称垃圾箱，尽量地装，尽量地挤塞，全不管它能否消化启发。从前人说读书能变化气质，于今人书读得越多，气质越硬顽不化，这种教育只能产出一些以些许知识技能博衣饭碗的人，决不能培养领导社会的真才。

近来颇有人感觉到这种毛病，提倡导师制，要导师于教书之外指点做人的道理，用意本来很善，但是实施起来也并未见功效。这也并不足怪。换汤必须换药，教育止于传授知识这一错误观念不改正，导师仍然是教书匠。导师制起于英国牛津、剑桥两大学，这两校的教育宗旨是彰明较著的不重读书，而重养成“君子人”。在这两校里教员和学生上课钟点都很少，社交活动却很多，导师和学生有经常接触的可能。导师对于学生在学业和行为两方面同时负有责任，每位导师所负责指导的学生也不过数人。现在我们的学校把学业和操行分作两件事，学业仍取“集体生产”式整天上班，操行则由权限不甚划分，责任不甚专一，叠床架屋式的导师、训导员、生活教导员和军事教官去敷衍公事。这种办法行不通，因为导师制的真精神不存在，导师制的必需条件不存在。

要改良现状，我们必须把教育的着重点由上课读书移到学习做人方面去，许多庞杂的课程须经快刀斩乱麻的手段裁去，学生至少有一半时间过真正的团体生活，做团体的活动。教室也必须把过去的错误的观念和习惯完全改过，认定自己是在“造人”，不只是在“教书”。每个教师对于所负责造的人须当作一件艺术品看待，须求他对自己可以慰怀，对旁人也可以看得过去。每个学生对于教师须当作自己的造化主，与父母生育有同样的恩惠，知道心悦诚服。这样一来，教师与学生就有家人父子的情感，而学校也就有家庭的和乐的空气了。

这一层做到了，第二步便须尽量增加团体合作的活动。团体合作的活动种类甚多，有几个最重要的值得特别提出。

第一是操业合作。现行教育有一个大毛病，就是许多课程的对象都是个人而不是团体。学生们尽管成群结队，实际上各人一心，每人独自上课，独自学习，独自完成学业，无形中养成个人主义的心习。

其实学问像其他事业一样，需要分工合作的地方甚多。材料的收集和整理，问题的商讨，实验的配置，遗误的检举，都必须群策群力。学校对于可分工合作的工作应尽量分配给学生们去合作，团体合作训练的效益是无穷的。一个人如果常有团体合作的训练，在学问上可以免偏陋，在性情上也可以免孤僻；他会有很浓厚而愉快的群的意识，他会深切地感觉到：能尽量发挥群的力量，才能尽量发挥个人的力量。

有几种课程特别宜于团体合作。最显著的是音乐。在我们古代教育中，乐是一个极重要的节目。它的感动力最深，它的最大功用在和。在一个团体里，无论分子在地位、年龄、教育上如何复杂，乐声一作，男女、尊卑、长幼都一齐肃容静听，皆大欢喜，把一切界限分别都化除净尽，彼此蔼然一团和气。爱好音乐的人很少是孤僻的人。所以音乐是群育最好的工具。其次是运动。运动相当于中国古代教育中的射。它不但能强健身体，尤其能培养遵秩序、纪律的精神。条顿民族如英美德诸国都特好运动，在运动场上他们培养战斗的技术和政治的风度。他们说一个公正的人有“运动家气派”（sportsmanship）。柏拉图在“理想国”里谈教育，二十岁以前的人就只要音乐和运动两种功课。这两种功课应该在各级学校中普遍设立。近来音乐课程仅限于中小学，运动则各校虽有若无，它们的重要性似还没有为教育家们完全了解。音乐和运动是一个民族的生气的表现，不单是群育的必由之径。除非它们在课程中占重要位置，我们的教育不会有真正的改良。

操业合作之外，第二个重要的处群训练便是团体组织。有健全的团体组织，学生们才有多参加团体活动的机会，才能养成热心公益的习惯。一般学校当局常怕学生有团结，以致滋扰生事，所以对于团体组织与活动常设法阻止，以为这就可以息事宁人，也有些学校在名义上各种团体具备，而实际上没有一个团体是健全的组织。多数学生为错误的教育理想所误，只管埋头死读书，认为参加团体活动是浪费时光，甚至于多惹是非，对一切团体活动遂袖手坐观。于是所谓团体便为少数人所操纵，假借团体名义，作种种并非公意所赞同的活动。政治上许多强奸民意假公济私的恶习惯就由此养成。学校里学生自治会应该是一种雏形的民主政府，每个分子都应有参议表决的权利，同时也都应有不弃权的责任。凡关于学生全体利益的事应由学生们自己商讨处理，如起居、饮食、清洁卫生、公共秩序、公众娱乐诸项都无须教职员包办。自治会须有它的法律，有它的风纪，有它的社会制裁力。比如说，有一位同学盗用公物、侮谩师友或是考试舞弊，通常的办法是由学校记过惩处，但是理想的办法是由自治会公审公判，学生团体中须有公是公非，而这种公是公非应有奖励或裁制的力量。民主国家所托命的守法精神必须如此养成。

人群接触，意见难免有分歧，利益难免有冲突，如果各执己见，势必至于无路可通。要分歧和冲突化除，必须彼此和平静气地讨论，在种种可能的结论中寻一个最妥善的结论。民主政治可以说就是基于讨论的政治。学问也贵讨论，因为学问的目的在辨别是非真伪，而这种辨别的工夫在个人为思想，在团体为讨论，讨论可以说是集团的思想。一个理想的学校必须充满着欢喜讨论的空气。每种课程都可以用讨论方式去学习，每种实际问题都可以在辩论会中解决。在欧美各著名大学里，师生们大部分工夫都费于学术讨论会与辩论会，在这中间他们成就他们的学业，养成他们的政治习惯。在学校里是一个辩论家，出学校就是一个良好的议员或社会领袖。我们的一般学生以遇事沉默为美德，遇公众集会不肯表示意见，到公众有决定时，又不肯服从。这是一个必须医治的毛病，而医治必从学校教育下手。

处群训练一半靠教育，一半也要靠政治。社会仍是一种学校，政治对于公民仍是一种教育。政治愈修明，公民的处群训练也就愈坚实。政治体制有多种，最合理想的是民主。民主政治实施于小国家，较易收实效。因为全体人民可以直接参与会议表决，像瑞士的全体公决制。国大民众，民主政治即不能不采取代议方式。代议制的弊病在代议人不一定能代表公众意志，易流于寡头政治的变相。要补救这种弊病，必须力求下层政治组织健全，因为一般人民虽不必尽能直接参加国政，至少可以参加和他们最接近的下层行政区域的政治。我国最下层的行政区域是保甲，逐层递升为乡、为县、为区、为省。保甲在历史上向来是自治的单位，它的组织向来带有几分民主精神。我们要奠定民主基础，必须从保甲着手。保甲政治办好，逐层递升，乡、县、区、省以至于国的政治，自然会一步一步地跟着好。英国政治是一个很好的先例。英国民主政治的成功不仅在国会健全，尤其在

法国印象派画家
保罗·高更（1848–1903）《海边田地》作于1889年

国会之下的区议会与市议会同样健全。市议会已具国会的雏形，公民在市议会所得的政治训练可逐渐推用于区议会和国会。一般人民因小见大，知道国会和市议会是一样，市民与市政府的关系也和国民与国政府的关系一样，知道国政与市政和己身同样有切身的利害，不容漠视，更不容胡乱处理。

健全下层政治组织自然也不是一件容易事。我们一方面须推广教育，提高人民知识和道德的水准，一方面也要彻底革除积弊，使人民逐渐养成良好的政治习惯。所谓良好的政治习惯是指一方面热心参与政治活动，一方面不做腐败的政治活动。我国一般人民正缺乏这两种政治的习惯，他们不是不肯参加政治活动，就是做腐败的政治活动。比如我们的政府近来何尝不感觉到健全下层政治组织的重要？保甲制正在推行，县政正在实验，下级干部人员经常在受训练。但是积重难返，实施距理想仍甚远。根本的毛病在没有抓住民治精神。民治精神在公事、公议、公决。而现在保甲政治则由少数公务员包办。一般保甲长和联保主任仍是变相的土豪劣绅，敲诈乡愚，比从前专制时代反更烈。一般人民没有参与会议表决的机会，还是处在被统治者的地位。下情无由上达，他们只在含冤叫苦。一件事须得做时，就须做得名副其实，否则滋扰生事，不如不做为妙。县政实施本是为奠定民治基础，如果仍采土豪劣绅包办制，则结果适足破坏民治基础。这件事关系我国民治前途极大，我们的政治家不能不有深切的警戒。

民主政治与包办制如水火不相容。消极地说，废除包办制；积极地说，就是政治公开。这要从最下层做起，奠定稳固的基础，然后逐渐推行到最上层。政治公开有两个要义，一是政权委托于贤能，一是民意须能影响政治。先就第一点说，我国历代抡才，不外由考试与选举。考试是最合于民治精神的一种制度，是我国传统政治的一特色。一个人只要有真才实学，无论出身如何微贱，可以逐级升擢，以至于掌国家大政。因此政权可由平民凭能力去自由竞争，不致为某一特殊阶级所把持乱用。中国过去政权向来在相而不在君，而相大半起家于考试，所以中国传统政体表面上为君主，而实为民主。后来科举专以时文诗赋取士，颇为议者诟病。这只是办法不良，并非考试在原则上有毛病。总理制定建国方略，考试特设专院，实有鉴于考试是中国传统政治中值得发挥光大的一点，用意本至深。但是我们并未能秉承总理遗教，各级公务员大部分未经考试出身，考试中选者也未尽录用，真才埋没与不才而在高位的情形都不能说没有。这种不公平的待遇不能奖励贫士的努力而徒增长宵小夤缘幸进的恶习，政治上的腐蚀多于此种因。要想政得其人，人尽其职，必须彻底革除这种种积弊而尽量推广考试制。至于选举是一般民主国家抡才的常径。选举能否成功，视人民有无政治知识与政治道德。过去我国选举权操纵于各级官吏，名为选举，实为推荐，不像在西方由人民普选。这种办法能否成功，视主其事者能否公允；它的好处在提高选举者的资格，即所以增重选举的责任，提高被选举者的材质。在一般人民未受健全的政治教育以前，我们可以略采从前推荐而加以变通，限制选举者的资格而不必限于官吏，凡是教育健全而信用卓著者都可以联名推选有用人才。选举意在使贤任能，如不公允，由人民贿买或由政府包办，则适足破坏选举的信用与功能，我们必须严禁。民主政治能否成功，就要看选举这个难关能否打破，我们必须有彻底的觉悟。

考试与选举之得法，一切行政权都由贤能行使，则政治公开的第一要义就算达到。政治公开的第二要义是民意能影响政治。这有两端：第一是议会，第二是舆论。先说议会，民主政治就是议会政治。在西方各国，人民信任议会，议会信任政府；政府对议会负责，议会对人民负责。政府措施不当，议会可以不信任；议会措施不当，人民可以当选。所以政府必须尊重民意，否则立即瓦解。我国从民主政体成立以来，因种种实际困难，正式民意机关至今还未成立。召集国民代表大会，总理遗教本有明文规定，而政府也正在准备促其实现，这还需要全国人民共同努力。最要紧的是要使选举名副其实，不要再有贿买包办的弊病。

我国传统政治素重舆论。“天视自我民视，天听自我民听”两句话在古代即悬为政治格言。历代言事有专官，平民上诉隐曲，也特有设备，在野清议尤为朝廷所重视。过去君主政体没有很长期地陷于紊乱、腐败状态，舆论是一个重要的力量。从前的暴君与现代的独裁政府怕舆论的裁制，常设法加以压迫或控制，结果总是失败。“防民之口，甚于防川”是一点不错的。思想与情感必须有正当的宣泄，愈受阻挠愈一决不可收拾。近代报章流行，舆论更易传播。言论出版自由问题颇引起种种争论。从历史、政治及群众心理各方面看，言论出版必须有合理的自由。舆论与人民程度密切相关，自然也有不健全的时候，我们所应努力的不在箝制舆论，而在教育舆论。是非自在人心，舆论的错误最好还是用舆论去纠正。

以上所述，陈义甚浅，我们的用意不在唱高调而望能实践。如果政治方面没有上述的改革，群的训练就无从谈起。人民必有群的活动，群的意识，必感觉到群的力量，受群的裁制，然后才能养成良好的处群的道德。这是我们施行民治的大工作中一个基本问题，值得政治家与教育家们仔细思量。

谈恻隐之心

有生之物都有一种同类情感。

对于生命都想留恋和维护，

凡遇到危害生命的事情都不免恻然感动，

无论那生命是否属于自己。

罗素在《中国问题》里讨论我们民族的性格，指出三个弱点：贪污、残忍和怯懦。他把残忍放在第一位，所说的话最足令人深省："中国人的残忍不免打动每一个盎格鲁-撒克逊人。人道的动机使我们尽一分力量来减除其余九十九分力量所做的过恶，这是他们所没有的。……我在中国时，成千成万的人在饥荒中待毙，人们为着几块钱出卖儿女，卖不出就弄死。白种人很尽了些力去赈荒，而中国人自己出的力却很少，连那很少的还是被贪污吞没。……如果一只狗被汽车压倒致重伤，过路人十个就有九个站下来笑那可怜的畜牲的哀号。一个普通中国人不会对受苦受难起同情的悲痛，实在他还像觉得它是一个颇愉快的景象。他们的历史和他们的辛亥革命前的刑律可见出他们免不掉故意虐害的冲动。”

我第一次看《中国问题》还在十几年以前，那时看到这段话心里甚不舒服；现在为大学生选英文读品，把这段话再看了一遍，心里仍是甚不舒服。我虽不是狭义的国家主义者，也觉得心里一点民族自尊心遭受打击，尤其使我怀惭的是没有办法来辩驳这段话。我们固然可以反诘罗素说：“他们西方人究竟好得几多呢？”可是他似乎预料到这一着，在上一段话终结时，他补充了一句：“话须得说清楚，故意虐害的事情各大国都在所不免，只是它到了什么程度被我们的伪善隐瞒起来了。”他言下似有怪我们竟明目张胆地施行虐害的意味。

罗素的这番话引起我的不安，也引起我由中国民族性的弱点想到普遍人性的弱点。残酷的倾向，似乎不是某一民族所特有的，它是像盲肠一样由原始时代遗留下来的劣根性，还没有被文化洗刷净尽。小孩们大半欢喜虐害昆虫和其他小动物，踏死一堆蚂蚁，满不在意。用生人做陪葬者或是祭典中的牺牲，似不仅限于野蛮民族。罗马人让人和兽相斗相杀，西班牙人让牛和牛相斗相杀，作为一种娱乐来看。中世纪审判异教徒所用的酷刑无奇不有。在战争中人们对于屠杀尤其狂热，杀死几百万生灵如同踏死一堆蚂蚁一样平常，报纸上轻描淡写地记一笔，造成这屠杀记录者且热烈地庆祝一场。就在和平时期，报纸上杀人、起火、翻船、离婚之类不幸的消息也给许多观众以极大的快慰。一位西方作家说过：“揭开文明人的表皮，在里皮里你会发见野蛮人。”据说大哲学家斯宾诺莎的得意的消遣是捉蚊蝇摆在蛛网上看它们被吞食。近代心理学家研究变态心理所表现的种种奇怪的虐害动机如“撒地主义”（sadism），尤足令人毛骨悚然。这类事实引起一部分哲学家，如中国的荀子和英国的霍布斯，推演出“性恶”一个结论。

有些学者对于幸灾乐祸的心理，不以性恶为最终解释而另求原因。最早的学说是自觉安全说。拉丁诗人卢克莱修说：“狂风在起波浪时，站在岸上看别人在苦难中挣扎，是一件愉快的事。”这就是中国成语中的“隔岸观火”。卢克莱修以为使我们愉快的并非看见别人的灾祸，而是庆幸自己的安全。霍布斯的学说也很类似。他以为别人痛苦而自己安全，就足见自己比别人高一层，心中有一种光荣之感。苏格兰派哲学家如倍恩（Bain）之流以为幸灾乐祸的心理基于权力欲。能给苦痛让别人受，就足显出自己的权力。这几种学说都有一个共同点：就是都假定幸灾乐祸时有一种人我比较，比较之后见出我比别人安全，比别人高一层，比别人有权力，所以高兴。

这种比较也许是有的，但是比较的结果也可以发生与幸灾乐祸相反的念头。比如我们在岸上看翻船，也可以忘却自己处在较幸运的地位，而假想到自己在船上碰着那些危险的境遇，心中是如何惶恐、焦急、绝望、悲痛。将己心比人心，人的痛苦就变成自己的痛苦。痛苦的程度也许随人而异，而心中总不免有一点不安、一点感动和一点援助的动机。有生之物都有一种同类情感。对于生命都想留恋和维护，凡遇到危害生命的事情都不免恻然感动，无论那生命是否属于自己。生命是整个的有机体，我们每个人是其中一肢一节，这一肢的痛痒引起那一肢的痛痒。这种痛痒相关是极原始的、自然的、普遍的。父母遇着儿女的苦痛，仿佛自身在苦痛。同类相感，不必都如此深切，却都可由此类推。这种同类的痛痒相关就是普通所谓“同情”，孟子所谓“恻隐之心”。孟子所用的比譬极亲切：“今人乍见孺子将入于井，皆有怵惕恻隐之心。”他接着推求原因说：“非所以内交于孺子之父母也，非所以要誉于乡党朋友也，非恶其声而然也。”他没有指出正面的原因，但是下结论说：“由是观之，无恻隐之心，非人也。”他的意思是说恻隐之心并非起于自私的动机，人有恻隐之心只因为人是人，它是组成人性的基本要素。

从此可知遇着旁人受苦难时，心中或是发生幸灾乐祸的心理，或是发生恻隐之心，全在一念之差。一念向此，或一念向彼，都很自然，但在动念的关头，差以毫厘便谬以千里。念头转向幸灾乐祸的一方面去，充类至尽，便欺诈凌虐，屠杀吞并，刀下不留情，睁眼看旁人受苦不伸手援助，甚至落井下石，这样一来，世界便变成冤气弥漫、黑暗无人道的场所；念头转向恻隐一方面去，充类至尽，则四海兄弟，一视同仁，守望相助，疾病相扶持，老有所养，幼有所归，鳏寡孤独者亦可各得其所，这样一来，世界便变成一团和气、其乐融融的场所。野蛮与文化，恶与善，祸与福，生存与死灭的歧路全在这一转念上面，所以这一转念是不能苟且的。

这一转念关系如许重大，而转好转坏又全系在一个刀锋似的关头上，好转与坏转有同样的自然而容易，所以古今中外大思想家和大宗教家，都紧握住这个关头。各派伦理思想尽管在侧轻侧重上有差别，各派宗教尽管在信条仪式上互相悬殊，都着重一个基本德行。孔孟所谓“仁”，释氏所谓“慈悲”，耶稣所谓“爱”，都全从人类固有的一点恻隐之心出发。他们都看出在临到同类受苦受难的关头上，一着走错，全盘皆输，丢开那一点恻隐之心不去培养，一切道德都无基础，人类社会无法维持，而人也就丧失其所以为人的本性。这是人类智慧的一个极平凡而亦极伟大的发见，一切伦理思想，一切宗教，都基于这点发见。这也就是说，恻隐之心是人类文化的泉源。

如果幸灾乐祸的心理起于人我的比较，恻隐之心更是如此，虽然这种比较不必尽浮到意识里面来。儒家所谓“推己及物”“举斯心加诸彼”“己所不欲，勿施于人”，都是指这种比较。所以“仁”与“恕”是一贯的，不能恕决不能仁。恕须假定知己知彼，假定对于人性的了解。小孩虐待弱小动物，说他们残酷，不如说他们无知，他们根本没有动物能痛苦的观念。许多成人残酷，也大半由于感觉迟钝，想象平凡，心眼窄所以心肠硬。这固然要归咎于天性薄，风俗习惯的濡染和教育的熏陶也有关系。函人惟恐伤人，矢人惟恐不伤人，职业习惯的影响于此可见。希腊盛行奴隶制度，大哲学家如柏拉图、亚理斯多德都不以为非；在战争的狂热中，耶稣教徒祷祝上帝歼灭同奉耶教的敌国，风气的影响于此可见。善人为邦百年，才可以胜残去杀，习惯与风俗既成，要很大的教育力量，才可挽回转来。在近代生活竞争剧烈，战争为解决纠纷要径，而道德与宗教的势力日就衰颓的情况之下，恻隐之心被摧残比被培养的机会较多。人们如果不反省痛改，人类前途将日趋于黑暗，这是一个极可危惧的现象。

凡是事实，无论它如何不合理，往往都有一套理论替它辩护。有战争屠杀就有辩护战争屠杀的哲学。恻隐之心本是人道基本，在事实上摧残它的人固然很多，在理论上攻击它的人亦复不少。柏拉图在《理想国》里攻击戏剧，就因为它能引起哀怜的情绪，他以为对人起哀怜，就会对自己起哀怜，对自己起哀怜，就是缺乏丈夫气，容易流于怯懦和感伤。近代德国一派唯我主义的哲学家如斯蒂纳（Sterner）、尼采之流，更明目张胆地主张人应尽量扩张权力欲，专为自己不为旁人，恻隐仁慈只是弱者的德操。弱者应该灭亡，而且我们应促成他们灭亡。尼采痛恨无政府主义者和耶稣教徒，说他们都迷信恻隐仁慈，力求妨碍个人的进展。这种超人主义酿成近代德国的武力主义。在崇拜武力侵略者的心目中，恻隐之心只是妇人之仁，有了它，心肠就会软弱，对弱者与不康健者（兼指物质的与精神的）持姑息态度，做不出英雄事业来。哲学上的超人主义在科学上的进化主义又得一个有力的助手。在达尔文一派生物学家看，这世界只是一个生存竞争的战场，优胜劣败，弱肉强食，就是这战场中的公理。这种物竞说充类至尽，自然也就不能容许恻隐之心的存在。因为生存需要斗争，而斗争即须拼到你死我活，能够叫旁人死而自己活着的就是

“最适者”。老弱孤寡疲癃残疾以及其他一切灾祸的牺牲者照理应该淘汰。向他们表示同情，援助他们，便是让最不适者生存，违反自然的铁律。

恻隐之心还另有一点引起许多人的怀疑。它的最高度的发展是悲天悯人，对象不仅是某人某物，而是全体有生之伦。生命中苦痛多于快乐，罪恶多于善行，祸多于福，事实常追不上理想。这是事实，而这事实在一般敏感者的心中所生的反响是根本对于人生的悲悯。悲悯理应引起救济的动机，而事实上人力不尽能战胜自然，已成的可悲悯的局面不易一手推翻，于是悲悯者变成悲剧中的主角，于失败之余，往往被逼向两种不甚康健的路上去，一是感伤愤慨，遗世绝俗，如屈原一派人；一是看空一切，徒作未来世界或另一世界的幻梦，如一般厌世出家的和尚。这两种倾向有时自然可以合流。近代许多文学作品可以见出这些倾向。比如哈代（T. Hardy）的小说、豪斯曼（A. E. Housman）的诗，都带着极深的哀怜情绪，同时也带着极浓的悲观色彩。许多人不满意于恻隐之心，也许因为它有时发生这种不康健的影响。

恻隐之心有时使人软弱怯懦，也有时使人悲观厌世。这或许都是事实。但是恻隐之心并没有产生怯懦和悲观的必然性。波斯大帝泽克西斯（Xerxes）百万大军西征希腊，站在桥头望台上看他的军队走过赫勒斯滂海峡，回头向他的叔父说：“想到人寿短促，百年之后，这大军之中没有一个人还活着，我心里突然感到一阵怜悯。”但是这一阵怜悯并没有打消他征服希腊的雄图。屠格涅夫在一首散文诗里写一只老麻雀牺牲性命去从猎犬口里救落巢的雏鸟。那首诗里充满着恻隐之心，同时也充满着极大的勇气，令人起雄伟之感。孔子说得好：“仁者必有勇。”古今伟大人物的生平大半都能证明真正敢作敢为的人往往是富于同类情感的。菩萨心肠与英雄气骨常有连带关系。最好的例是释迦。他未尝无人世空虚之感，但不因此打消救济人类世界的热望。“我不入地狱，谁入地狱！”这是何等的悲悯！同时，这是何等的勇气！孔子是另一个好例。他也明知“滔滔者天下皆是”，但是“知其不可为而为之”。“鸟兽不可与同群，吾非斯人之徒与而谁与？天下有道，丘不与易也。”这是何等的悲悯！同时，这是何等的勇气！世间勇于作淑世企图的人，无论是哲学家、宗教家或社会革命家，都有一片极深挚的悲悯心肠在驱遣他们，时时提起他们的勇气。

现在回到本文开始时所引的罗素的一段话。他说：“人道的动机使我们尽一分力量来减除其余九十九分力量所做的过恶，这是他们（中国人）所没有的。”这话似无可辩驳。但是我以为我们缺乏恻隐之心，倒不仅在遇饥荒不赈济，穷来卖儿女做奴隶，看到颠沛无告的人掩鼻而过之类的事情，而尤在许多人看到整个社会日趋于险境，不肯做一点挽救的企图。教育家们睁着眼睛看青年堕落，政治家们睁着眼睛看社会秩序紊乱，富商大贾睁着眼睛看经济濒危，都漫不在意，仍是各谋各的安富尊荣，有心人会问：“这是什么心肝？”如果我们回答说：“这心肝缺乏恻隐。”也许有人觉得这话离题太远。其实病原全在这上面。成语中有“麻木不仁”的字样，意义极好，麻木与不仁是连带的。许多人对于社会所露的险象都太麻木，我想这是不能否认的。他们麻木，由于他们不仁（用我们的词语来说，缺乏恻隐之心）。麻木不仁，于是一切都受支配于盲目的自私。这毛病如何救济，大是问题。说来易，做来难。一般人把一切性格上的难问题都推到教育，教育是否有这样万能，我很怀疑。在我想，大灾大乱也许可以催促一部分人的猛醒，先哲伦理思想的彻底认识以及佛耶二教的基本精神的吸收，也许可造成一种力量。无论如何，在建国事业中的心理建设项下，培养恻隐之心必定是一个重要的节目。

谈羞恶之心

人生来有向上心，无论在学识、才能、道德或社会地位方面，
总想达到甚至超过流行于所属社会的最高标准。
如果达不到这标准，显得自己比人低下，就自引以为耻。

《新约》里《约翰福音》第八章记载这样一段故事：

耶稣在庙里布教，一大群人围着他听。刑名师和法利赛人带着一个行淫被拘的妇人来，把她放在群众当中，向耶稣说：“这妇人是正在行淫时被拿着的。摩西在法律中吩咐过我们，像这样的人应用石头钉死，你说怎样办呢？”耶稣弯下身子来用指画地，好像没有听见他们。他们继续着问，耶稣于是抬起身子来向他们说：“你们中间谁是没有罪的，就让谁先拿石头钉她。”说完又弯下身子用指画地。他们听到这话，各人心里都有内疚，一个一个地走出去，从最年老的到最后的，只剩下耶稣，那妇人仍站在当中。耶稣抬起身子来向她说：“妇人，告你状的人到哪里去了呢？没有人定你的罪么？”她说：

“没有人，我主。”耶稣说：“我也不定你的罪，去吧，以后不要再犯了。”

这段故事给我以极深的感动，也给我以不小的惶惑。耶稣的宽宥是恻隐之心的最高的表现，高到泯没羞恶之心的程度，这令人对于他的胸怀起伟大崇高之感。同时，我们也难免惶惑不安。如果这种宽宥的精神充类至尽，我们不就要姑息养奸，任世间一切罪孽过恶蔓延，简直不受惩罚或裁制么？

我们对于世间罪孽、过恶原可以持种种不同的态度。是非善恶本是世间习用的分别，超出世间的看法，我们对于一切可作平等观。正觉烛照，五蕴皆空。瞋恚有碍正觉，有如“清冷云中，霹雳起火”。无论在人在我，销除过恶，都当以正觉净戒，不可起瞋恚。这是佛家的态度。其次，即就世间法而论，是非善恶之类道德观念起于“实用理性批判”。若超出实用的观点，我们可以拿实际人生中一切现象如同图画、戏剧一样去欣赏，不作善恶判断，自不起道德上的爱恶，如尼采所主张的。这是美感的态度。再次，即就世间法的道德观点而论，人生来不能尽善尽美，我们彼此都有弱点，就不免彼此都有过错。这是人类共同的不幸。如果遇到弱点的表现，我们须了解这是人情所难免，加以哀矜与宽恕。“了解一切，就是宽恕一切。”这是耶稣教徒的态度。

这几种态度都各有很崇高的理想，值得我们景仰向往，而且有时值得我们努力追攀。不过在这不完全的世界中，理想永远是理想，我们不能希望一切人得佛家所谓正觉，对一切作平等观，不能而且也不应希望一切人在一切时境都如艺术家对于罪孽、过恶纯取欣赏态度，也不能希望一切人都有耶稣的那样宽恕的态度，而且一切过恶都可受宽恕的感化。我们处在人的立场为人类谋幸福，必希望世间罪孽、过恶减少到可能的最低限度。减少的方法甚多，积极的感化与消极的裁制似都不可少。我们不能人人有佛的正觉，也不能人人有耶稣的无边的爱，但是我们人人都有几分羞恶之心。世间许多法律制度和道德信条都是利用人类同有的羞恶之心作原动力。近代心理学更能证明羞恶之心对于人格形成的重要。基于羞恶之心的道德影响也许是比较下乘的，但同时也是比较实际的、近人情的。

“羞恶之心”一词出于孟子，他以为是“义之端”，这就是说，行为适宜或恰到好处，须从羞恶之心出发。朱子分羞恶为两事，以为“羞是羞己之恶，恶是恶人之恶”。其实只要是恶，在己者可羞亦可恶，在人者可恶亦可羞。只拿行为的恶作对象说，羞恶原是一事。不过从心理的差别说，羞恶确可分对己对人两种。就对己说，羞恶之心起于自尊情操。人生来有向上心，无论在学识、才能、道德或社会地位方面，总想达到甚至超过流行于所属社会的最高标准。如果达不到这标准，显得自己比人低下，就自引以为耻。耻便是羞恶之心，西方人所谓荣誉意识（sense of honour）的消极方面。有耻才能向上奋斗。这中间有一个人我比较，一方面自尊情操不容我居人下，一方面社会情操使我顾虑到社会的毁誉。所以知耻同时有自私的和泛爱的两个不同的动机。对于一般人，耻（即羞恶之心）可以说就是道德情操的基础。他们趋善避恶，与其说是出于良心或责任心，不如说是出于羞恶之心，一方面不甘居下流，一方面看重社会的同情。中国先儒认清此点，所以布政施教，特重明耻。管子甚至以耻与礼、义、廉并称为“国之四维”。

人须有所为，有所不为。羞恶之心最初是使人有所不为。孟子在讲羞恶之心时，只说是“义之端”，并未举例说明，在另一段文字里他说：“人能充无穿窬之心，而义不可胜用也，人能充无受尔汝之实，无所往而不为义也。”这里他似在举羞恶之心的实例。“无穿窬”（不做贼）和“无受尔汝之实”（不愿被人不恭敬地称呼），都偏于“有所不为”和“胁肩谄笑，病于夏畦”“巧言令色足恭，左丘明耻之，丘亦耻之”之类心理相同。但孟子同时又说：“人皆有所不为，达之于其所为，义也。”这就是说，羞恶之心可使人耻为所不应为，扩充起来，也可以使人耻不为所应为。为所应为便是尽责任，所以“知耻近乎勇”。人到了无耻，便无所不为，也便不能有所为。有所不为便可以寡过。但绝对无过实非常人所能。儒家与耶教都不责人有过，只力劝人改过。知过能改，须有悔悟。悔悟仍是羞恶之心的表现。羞恶未然的过恶是耻，羞恶已然的过恶是悔。耻令人免过，悔令人改过。

孟子说：“不耻不若人，何若人有？”耻使人自尊自重，不自暴自弃。近代阿德勒（Adler）一派心理学说很可以引来说明这个道理。有羞恶之心必先发见自己的欠缺，发见了欠缺，自以为耻（阿德勒所谓“卑劣情意综”），觉得非努力把它降伏下去，显出自己的尊严不可（阿德勒所谓“男性的抗议”），于是设法来弥补欠缺，结果不但欠缺弥补起，而且所达到的成就还比平常更优越。德摩斯梯尼本来口吃，不甘受这欠缺的限制，发愤练习演说，于是成为希腊的最大演说家。贝多芬本有耳病，不甘受这欠缺的限制，发愤练习音乐，于是成为德国的最大音乐家。阿德勒举过许多同样的实例，证明许多历史上的伟大人物在身体资禀或环境方面都有缺陷，这缺陷所生的“卑劣情意综”激起他们的“男性的抗议”，于是他们拿出非常的力量，成就非常的事业。中国左丘明因失明而作《国语》，孙子因膑足而作《兵法》，司马迁因受宫刑而作《史记》，也是很好的例证。阿德勒偏就器官机能方面着眼，其实他的学说可以引申到道德范围。因卑劣意识而起男性抗议，是“知耻近乎勇”的一个很好的解释。诸葛孔明要邀孙权和刘备联合去打曹操，先假劝他向曹操投降，孙权问刘备何以不降，他回答说：“田横齐之壮士耳，犹守义不辱。况刘豫州王室之胄，英才盖世，安能复为之下乎？”孙权听到这话，便勃然宣布他的决心：“吾不能举全吴之地，十万之众，受制于人！”这就是先激动羞耻心，再激动勇气，由卑劣意识引到男性抗议。

孟子讲羞恶之心，似专就对己一方面说。朱子以为它还有对人一方面，想得更较周到。我们对人有羞恶之心，才能嫉恶如仇，才肯努力去消除世间罪孽过恶。孔子大圣人，胸襟本极冲和，但《论语》记载他恶人的表现特别多。冉有不能救季氏僭礼，宰我对鲁哀公说话近逢迎，子路说轻视读书的话，樊迟请学稼圃，孔子对他们所表示的态度都含有羞恶的意味。子贡问他："君子亦有所恶乎？"他回答说："有，恶称人之恶者，恶居下流而讪上者，恶勇而无礼者，恶果敢而窒者。"一口气就数上一大串。他尝以"吾未见好仁者恶不仁者"为欢。他最恶的是乡愿（现在所谓伪君子），因为这种人"阉然媚于世，非之无举，刺之无刺，居之似忠信，行之似廉洁，众皆悦之，自以为是，而不可与入尧舜之道"。他一度为鲁相，第一件要政就是诛少正卯，一个十足的乡愿。我特别提出孔子来说，因为照我们的想象，孔子似不轻于恶人，而他竟恶得如此厉害，这最足证明凡道德情操深厚的人对于过恶必有极深的厌恶。世间许多人没有对象可五体投地地去钦佩，也没有对象可深入骨髓地去厌恶，只一味周旋随和，这种人表面上像是炉火纯青，实在是不明是非，缺乏正义感。社会上这种人愈多，恶人愈可横行无忌，不平的事件也愈可蔓延无碍，社会的混浊也就愈不易澄清。社会所藉以维持的是公平（西方所谓justice），一般人如果没有羞恶之心，任不公平的事件不受裁制，公平就无法存在。过去社会的游侠，和近代社会的革命者，都是迫于义愤，要"打抱不平"，虽非中行，究不失为狂狷，在社会腐浊的时候，仍是有他们的用处。

个人须有羞恶之心，集团也是如此。田横的五百义士不肯屈服于刘邦，全体从容赴义，历史传为佳话；古人谈兵，说明耻然后可以教战，因为明耻然后知道“所恶有甚于死者”，不会苟且偷生。我们民族这次英勇的抗战是最好的例证，大家牺牲安适、家庭、财产，以至于生命，就因为不甘做奴隶的那一点羞恶之心。大抵一个民族当承平的时候，羞恶之心表现于公是公非，人民都能受道德法律的裁制，使社会秩序井然。所谓“化行俗美”，“有耻且格”。到了混乱的时候，一般人廉耻道丧，全民族的羞恶之心只能藉少数优秀分子保存，于是才有“气节”的风尚。东汉太学生郭泰、李膺、陈蕃诸人处外戚宦官专权恣肆之际，独持清议，一再遭钩党之祸而不稍屈服。明末魏阉执权乱国，士大夫多阿谀取容，其无耻之尤者至认阉作父，东林党人独仗义执言，对阉党声罪致讨，至粉身碎骨而不悔。这些党人的行径容或过于褊急，但在恶势力横行之际能不顾一切，挺身维持正气，对于民族精神所留的影响是不可磨灭的。

目前我们民族正遇着空前的大难，国耻一重一重地压来，抗战的英勇将士固可令人起敬，而此外卖国求荣、贪污误国和醉生梦死者还大有人在，原因正在羞恶之心的缺乏。我们应该记着“明耻教战”的古训，极力培养人皆有之的一点羞恶之心。我们须知道做奴隶可耻，自己睁着眼睛望做奴隶的路上走更可耻。罪过如果在自己，应该忏悔；如果在旁人，也应深恶痛绝，设法加以裁制。

谈英雄崇拜

英雄本是一种理想人物。

一群人或一个人所崇拜的英雄，

其实就是他们的或他的人生理想的结晶。

关于英雄崇拜有两种相反的看法，依一种看法，英雄造时势，人类文化各方面的发端与进展都靠着少数伟大人物去倡导推动，多数人只在随从附和。一个民族有无伟大成就，要看他有无伟大人物，也要看他中间多数民众对于伟大人物能否倾倒敬慕，闻风兴起。卡莱尔在他的名著《英雄崇拜》里大致持这种看法。“世界历史，”他说，“人类在这世界上所成就的事业的历史，骨子里就是在当中工作的几个伟大人物的历史。”“英雄崇拜就是对于伟大人物的极高度的爱慕。在人类胸中没有一种情操比这对于高于自己者的爱慕更为高贵。”尼采的超人主义其实也是一种英雄崇拜主义涂上了一层哲学的色彩。但依另一种看法，时势造英雄，历史的原动力是多数民众，民众的努力造成每时代政教文化各方面的“大势所趋”，而所谓英雄不过顺承这“大势所趋”而加以尖锐化，并没有什么神奇。这是托尔斯泰在《战争与和平》里所提出的主张。他说：“英雄只是贴在历史上的标签，他们的姓名只是历史事件的款识。”有些人根据这个主张而推论到英雄不必受崇拜。从史实看，自从古雅典城时代的群众领袖（Demagogue）一直到现代极权国家的独裁者，有不少的事例可证明盲目的英雄崇拜往往酿成极大的灾祸。有些人根据这些事例而推论到英雄崇拜的危险。此外也还有些人以为崇拜英雄势必流于发展奴性，阻碍独立自由的企图，造成政治上的独裁与学术思想上的正统专制，与德谟克拉西精神根本不相容。

就大体说，反对英雄崇拜的理论在现代颇占优胜，因为它很合一批不很英雄的人们的口胃。不过在事实上，英雄崇拜到现在还很普遍而且深固，无论带哪一种色彩的人心中都免不掉有几分。托尔斯泰不很看重英雄，而他自己却被许多人当作英雄去崇拜。这是一个很有趣而也很有意义的人生讽刺。社会靠着传统和反抗两种相反的势力演进。无论你站在哪一方壁垒，双方都各有它的理想的斗士，它的英雄；维拥传统者如此，反抗者也是如此。从有人类社会到现在，每时代、每社会都有它的英雄，而英雄也都被人崇拜，这是铁一般的事实，没有人能否认的。我们在这里用不着替一个与历史俱久的事实辩护，我们只需研究它的涵义和在人生社会上的可能的功用。

什么叫做“英雄”。牛津字典所给hero的字义大要有四：第一是“具有超人的本领，为神灵所默佑者”；其次是“声名煊赫的战士，曾为国争战者”；第三是“其成就及高贵性格为人所景仰者”；最后是“诗和戏剧中的主角”。这四个意义显然是互相关联的。凡是英雄必定是非常人，得天独厚，能人之所难能，在艰危时代能为国家杀敌御侮，在承平时代他的事业和品学也能为民族的楷模，在任何重大事件中，他必是倡导推动者，如戏剧中的主角。他的名称有时不很一致，“圣贤”“豪杰”“至人”，所指的都大致相同。

一谈到英雄，大概没有不明了他是什么一种人；可是追问到究竟哪一个人才算是英雄，意见却很难一致。小孩子们看惯侠义小说，心目中的英雄是在峨眉山修炼得道的拳师剑侠，江湖帮客所知道的英雄是《水浒传》里所形容的梁山泊一群好汉和他们帮里的“柁把子”。读书人言必讲周孔，弄武艺的人拜关羽、岳飞。古代和近代，中国和西方，所持的英雄标准也不完全一致。仔细研究起来，每种社会，每种阶级，甚至于每个人都各有各的英雄。所以这个意义似很明显的名称所指的究为何种人实在很难确定。

这也并不足为奇。英雄本是一种理想人物。一群人或一个人所崇拜的英雄，其实就是他们的或他的人生理想的结晶。人生理想如忠孝节义智仁勇之类都是抽象概念，颇难捉摸，而人类心理习性常倾向于依附可捉摸的具体事例。英雄就是抽象的人生理想所实现的具体事例，他是一幅天然图画，大家都可以指着他向自己说：“像那样的人才是我们所应羡慕而仿效的！”说到英勇，一般人印象也许很模糊，但是一般人都知道崇拜秦皇汉武，或是亚历山大和拿破仑。人人尽管知道忠义为美德，但是要一般人为忠义所感动，千言万语也抵不上一篇岳飞或文天祥的叙传。每个人，每个社会，都有他的特殊的人生理想；很显然的，也就有他的特殊英雄。哲学家的英雄是孔子和苏格拉底，宗教家的英雄是释迦和耶稣，侵略者的英雄是拿破仑，而资本家的英雄则为煤油大王和钢铁大王。行行出状元，就是行行有英雄。

人们所崇拜的英雄尽管不同，而崇拜的心理则无二致。这心理分析起来也很复杂。每个英雄必有确足令人钦佩之点，经得起理智衡量，不仅能引起盲目的崇拜。但是“崇拜”是宗教上的术语，既云崇拜，就不免带有几分宗教的迷信，就不免有几分盲目。英雄尽管有不足崇拜处，可是我们既然崇拜他，就只看得见他的长处，看不见他的短处。“爱而知其恶”就不是崇拜，崇拜是无限制的敬慕，有时甚至失去理性。西谚说：“没有人是他的仆从的英雄。”因为亲信的仆从对主人看得太清楚。古代帝王要“深居简出”，实有一套秘诀在里面。在崇拜的心理中，情感的成分远过于理智的成分。英雄崇拜的缺点在此，因为它免不掉几分盲目的迷信；但是优点也正在此，因为它是敬贤向上心的表现。敬贤向上是人类心灵中最可宝贵的一点光焰，个人能上进，社会能改良，文化能进展，都全靠有它在烛照。英雄常在我们心中煽燃这一点光焰，常提醒我们人性尊严的意识，将我们提升到高贵境界。崇拜英雄就是崇拜他所特有的道德价值。世间只有几种人不能崇拜英雄：一是愚昧者，根本不能辨别好坏；一是骄矜妒忌者，自私的野心蒙蔽了一切，不愿看旁人比自己高一层；一是所谓“犬儒”（cynics），轻世玩物，视一切无足道；最后就是丧尽天良者，毫无人性，自然也就没有人性中最高贵的虔敬心。这几种人以外，任何人都多少可以崇拜英雄，一个人能崇拜英雄，他多少还有上进的希望，因为他还有道德方面的价值意识。

崇拜英雄的情操是道德的，同时也是超道德的。所谓“超道德的”，就是美感的。太史公在《孔子世家》赞里说：“高山仰止，景行行止，虽不能至，然心向往之。”这几句话写英雄崇拜的情绪最为精当。对着伟大人物，有如对着高山大海，使人起美学家所说的“崇高雄伟之感”（sense of the sublime）。依美学家的分析，起崇高雄伟感觉时，我们突然间发现对象无限伟大，无形中自觉此身渺小，不免肃然起敬，悚然生畏，惊奇赞叹，有如发呆；但惊心动魄之余，就继以心领神会，物我同一而生命起交流，我们于不知不觉中吸收融会那一种伟大的气魄，而自己也振作奋发起来，仿佛在模仿它，努力提升到同样伟大的境界。对高山大海如此，对暴风暴雨如此，对伟大英雄也如此。崇拜英雄是好善也是审美。在人生胜境，善与美常合而为一，此其一例。

这种所描写的自然只是极境，在实际上英雄崇拜有深有浅，不一定都达到这种极境。但无论深浅，它的影响都大体是好的。社会的形成与维系都不外藉宗教、政治、教育、学术几种“文化”的势力。宗教起于英雄崇拜，卡莱尔已经详论过。世界中最宗教的民族要算希伯来人，读《旧约》的人们大概都明了希伯来也是一个最崇拜英雄的民族，政治的灵魂在秩序组织，而秩序组织的建立与维持必赖有领袖。一个政治团体里有领袖能号召，能得人心悦诚服，政治没有不修明的。极权国家固然需要独裁者，民主国家仍然需要独裁者，无论你给他什么一个名义。至于教育学术也都需要有人开风气之先。假想没有孔、墨、庄、老几个哲人，中国学术思想还留在怎样一个地位！没有柏拉图、亚理斯多德、笛卡儿、康德几个哲人，西方学术思想还留在怎样一个地位！如此等类问题是颇耐人寻思的。俗话有一句说得有趣："山中无老虎，猴子称霸王。"阮步兵登广武曾发"时无英雄，遂令竖子成名"之叹。一个国家民族到了"猴子称霸王"或是"竖子成名"的时候，他的文化水准也就可想而见了。

学习就是模仿，人是最善于学习的动物，因为他是最善于模仿的动物。模仿必有模型，模型的美丑注定模仿品的好丑，所谓"种瓜得瓜，种豆得豆"。英雄（或是叫他"圣贤""豪杰"）是学做人的好模型。所以从教育观点看，我们主张维持一般人所认为过时的英雄崇拜。尤其在青年时代，意象的力量大于概念，与其向他们说仁义道德，不如指点几个有血有肉的具有仁义道德的人给他们看。教育重人格感化，必须是一个具体的人格才真正有感化力。

我们民族中从古至今，做人的好模型委实不少，可惜长篇传记不发达，许多伟大人物都埋在断简残篇里面，不能以全副面目活现于青年读者眼前。这个缺陷希望将来有史家去弥补。

从心所欲，不逾矩

孔子说：“七十而从心所欲，不逾矩。”
这是道德家的极境，也是艺术家的极境。

希腊女神的雕像和血色鲜丽的英国姑娘

——美感与快感

在创造或欣赏的一刹那中，

我们不能仍然在所表现的情感里过活，

一定要站在客位把这种情感当一幅意象去观赏。

我在以上文章所说的话都是回答“美感是什么”这个问题。我们说过，美感起于形象的直觉。它有两个要素：

一、目前意象和实际人生之中有一种适当的距离。我们只观赏这种孤立绝缘的意象，一不问它和其他事物的关系如何，二不问它对于人的效用如何。思考和欲念都暂时失其作用。

二、在观赏这种意象时，我们处于聚精会神以至于物我两忘的境界，所以于无意之中以我的情趣移注于物，以物的姿态移注于我。这是一种极自由的（因为是不受实用目的牵绊的）活动，说它是欣赏也可，说它是创造也可，美就是这种活动的产品，不是天生现成的。

这是我们的立脚点。在这个立脚点上站稳，我们可以打倒许多关于美感的误解。在以下两三章里我要说明美感不是许多人所想象的那么一回事。

我们第一步先打倒享乐主义的美学。

“美”字是不要本钱的，喝一杯滋味好的酒，你称赞它“美”，看见一朵颜色很鲜明的花，你称赞它“美”，碰见一位年轻姑娘，你称赞她“美”，读一首诗或是看一座雕像，你也还是称赞它“美”。这些经验显然不尽是一致的。究竟怎样才算“美”呢？一般人虽然不知道什么叫作“美”，但是都知道什么样就是愉快。拿一幅画给一个小孩子或是未受艺术教育的人看，征求他的意见，他总是说“很好看”。如果追问他“它何以好看？”他不外是回答说：“我欢喜看它，看了它就觉得很愉快。”通常人所谓“美”大半就是指“好看”，指“愉快”。

不仅是普通人如此，许多声名煊赫的文艺批评家也把美感和快感混为一件事。英国十九世纪有一位学者叫作罗斯金，他著过几十册书谈建筑和图画，就曾经很坦白地告诉人说：“我从来没有看见过一座希腊女神雕像，有一位血色鲜丽的英国姑娘的一半美。”从愉快的标准看，血色鲜丽的姑娘引诱力自然是比女神雕像的大；但是你觉得一位姑娘“美”和你觉得一座女神雕像“美”时是否相同呢？《红楼梦》里的刘姥姥想来不一定有什么风韵，虽然不能邀罗斯金的青眼，在艺术上却仍不失其为美。一个很漂亮的姑娘同时做许多画家的“模特儿”，可是她的画像在一百张之中不一定有一张比得上伦勃朗（荷兰人物画家）的“老太婆”。英国姑娘的“美”和希腊女神雕像的“美”显然是两件事，一个是只能引起快感的，一个是只能引起美感的。罗斯金的错误在把英国姑娘的引诱性做“美”的标准，去测量艺术作品。艺术是另一世界里的东西，对于实际人生没有引诱性，所以他以为比不上血色鲜丽的英国姑娘。

美感和快感究竟有什么分别呢？有些人见到快感不尽是美感，替它们勉强定一个分别来，却又往往不符事实。英国有一派主张“享乐主义”的美学家就是如此。他们所见到的分别彼此又不一致。有人说耳、目是“高等感官”，其余鼻、舌、皮肤、筋肉，等等都是“低等感官”，只有“高等感官”可以尝到美感而“低等感官”则只能尝到快感。有人说引起美感的东西可以同时引起许多人的美感，引起快感的东西则对于这个人引起快感，对于那个人或引起不快感。美感有普遍性，快感没有普遍性。这些学说在历史上都发生过影响，如果分析起来，都是一钱不值。拿什么标准说耳、目是“高等感官”？耳、目得来的有些是美感，有些也只是快感，我们如何去分别？“客去茶香余舌本”“冰肌玉骨，自清凉无汗”等名句是否与“低等感官”不能得美感之说相容？至于普遍不普遍的话更不足为凭。口腹有同嗜而艺术趣味却往往随人而异。陈年花雕是吃酒的人大半都称赞它美的，一般人却不能欣赏后期印象派的图画。我曾经听过一位很时髦的英国老太婆说道：“我从来没有见过比金字塔再拙劣的东西。”

从我们的立脚点看，美感和快感是很容易分别的。美感与实用活动无关，而快感则起于实际要求的满足。口渴时要喝水，喝了水就觉到快感；腹饥时要吃饭，吃了饭也就觉到快感。喝美酒所得的快感由于味感得到所需要的刺激，和饱食暖衣的快感同为实用的，并不是起于“无所为而为”的形象的观赏。至于看血色鲜丽的姑娘，可以生美感也可以不生美感。如果你觉得她是可爱的，给你做妻子你还不讨厌她，你所谓“美”就只是指合于满足性欲需要的条件，“美人”就只是指对于异性有引诱力的女子。如果你见了她不起性欲的冲动，只把她当作线纹匀称的形象看，那就和欣赏雕像或画像一样了。美感的态度不带意志，所以不带占有欲。在实际上性欲本能是一种最强烈的本能，看见血色鲜丽的姑娘而能“心如古井”地不动，只一味欣赏曲线美，是一般人所难能的。所以就美感说，罗斯金所称赞的血色鲜丽的英国姑娘对于实际人生距离太近，不一定比希腊女神雕像的价值高。

谈到这里，我们可以顺便地说一说弗洛伊德派心理学在文艺上的应用。大家都知道，弗洛伊德把文艺认为是性欲的表现。性欲是最原始最强烈的本能，在文明社会里，它受道德、法律种种社会的牵制，不能得充分的满足，于是被压抑到“隐意识”里去成为“情意综”。但是这种被压抑的欲望还是要偷空子化装求满足。文艺和梦一样，都是带着假面具逃开意识检察的欲望。举一个例来说。男子通常都特别爱母亲，女子通常都特别爱父亲。依弗洛伊德看，这就是性爱。这种性爱是反乎道德、法律的，所以被压抑下去，在男子则成“俄狄浦斯情意综”，在女子则成“厄勒克特拉情意综”。这两个奇怪的名词是怎样讲呢？俄狄浦斯原来是古希腊的一个王子，曾于无意中弑父娶母，所以他可以象征子对于母的性爱。厄勒克特拉是古希腊的一个公主，她的母亲爱了一个男子，把丈夫杀了，她怂恿她的兄弟把母亲杀了，替父亲报仇，所以她可以象征女对于父的性爱。在许多民族的神话里面，伟大的人物都有母而无父，耶稣和孔子就是著例，耶稣是上帝授胎的，孔子之母祷于尼丘而生孔子。在弗洛伊德派学者看，这都是“俄狄浦斯情意综”的表现。许多文艺作品都可以用这种眼光来看，都是被压抑的性欲因化装而得满足。

依这番话看，弗洛伊德的文艺观还是要纳到享乐主义里去，他自己就常欢喜用“快感原则”这个名词。在我们看，他的毛病也在把快感和美感混淆，把艺术的需要和实际人生的需要混淆。美感经验的特点在“无所为而为”地观赏形象。在创造或欣赏的一刹那中，我们不能仍然在所表现的情感里过活，一定要站在客位把这种情感当一幅意象去观赏。如果作者写性爱小说，读者看性爱小说，都是为着满足自己的性欲，那就无异于为着饥而吃饭，为着冷而穿衣，只是实用的活动而不是美感的活动了。文艺的内容尽管有关性欲，可是我们在创造或欣赏时却不能同时受性欲冲动的驱遣，须站在客位把它当作形象看。世间自然也有许多人欢喜看淫秽的小说去刺激性欲或是满足性欲，但是他们所得的并不是美感。弗洛伊德派的学者的错处不在主张文艺常是满足性欲的工具，而在把这种满足认为美感。

美感经验是直觉的而不是反省的。在聚精会神之中我们既忘去自我，自然不能觉得我是否欢喜所观赏的形象，或是反省这形象所引起的是不是快感。我们对于一件艺术作品欣赏的浓度愈大，就愈不觉自己是在欣赏它，愈不觉到所生的感觉是愉快的。如果自己觉到快感，我便是由直觉变而为反省，好比提灯寻影，灯到影灭，美感的态度便已失去了。美感所伴的快感，在当时都不觉得，到过后才回忆起来。比如读一首诗或是看一幕戏，当时我们只是心领神会，无暇他及，后来回想，才觉得这一番经验很愉快。

这个道理一经说破，本来很容易了解。但是许多人因为不明白这个很浅显的道理，遂走上迷路。近来德国和美国有许多研究“实验美学”的人就是如此。他们拿一些颜色、线形或是音调来请受验者比较，问他们欢喜哪一种，讨厌哪一种，然后作出统计来，说某种颜色是最美的，某种线形是最丑的。独立的颜色和画中的颜色本来不可相提并论。在艺术上部分之和并不等于全体，而且最易引起快感的东西也不一定就美。他们的错误是很显然的。

情人眼底出西施

——美与自然

一般人常欢喜说“自然美”，

好像以为自然中已有美，纵使没有人去领略它，

美也还是在那里。

我们关于美感的讨论，到这里可以告一段落了，现在最好把上文所说的话回顾一番，看我们已经占住了多少领土。美感是什么呢？从积极方面说，我们已经明白美感起于形象的直觉，而这种形象是孤立自足的，和实际人生有一种距离；我们已经见出美感经验中我和物的关系，知道我的情趣和物的姿态交感共鸣，才见出美的形象。从消极方面说，我们已经明白美感一不带意志欲念，有异于实用态度，二不带抽象思考，有异于科学态度；我们已经知道一般人把寻常快感、联想以及考据与批评认为美感的经验是一种大误解。

美生于美感经验，我们既然明白美感经验的性质，就可以进一步

讨论美的本身了。

什么叫作美呢?

在一般人看，美是物所固有的。有些人物生来就美，有些人物生来就丑。比如，称赞一个美人，你说她像一朵鲜花，像一颗明星，像一只轻燕，你决不说她像一个布袋，像一条犀牛或是像一只癞蛤蟆。这就分明承认鲜花、明星和轻燕一类事物原来是美的，布袋、犀牛和癞蛤蟆一类事物原来是丑的。说美人是美的，也犹如说她是高是矮是肥是瘦一样，她的高矮肥瘦是她的星宿定的，是她从娘胎带来的，她的美也是如此，和你看者无关。这种见解并不限于一般人，许多哲学家和科学家也是如此想。所以他们费许多心力去实验最美的颜色是红色还是蓝色，最美的形体是曲线还是直线，最美的音调是G调还是F调。

但是这种普遍的见解显然有很大的难点，如果美本来是物的属性，则凡是长眼睛的人们应该都可以看到，应该都承认它美，好比一个人的高矮，有尺可量，是高大家就要都说高，是矮大家就要都说矮。但是美的估定就没有一个公认的标准。假如你说一个人美，我说她不美，你用什么方法可以说服我呢?有些人欢喜辛稼轩而讨厌温飞卿，有些人欢喜温飞卿而讨厌辛稼轩，这究竟谁是谁非呢?同是一个对象，有人说美，有人说丑，从此可知美本在物之说有些不妥了。

因此，有一派哲学家说美是心的产品。美如何是心的产品，他们的说法却不一致。康德以为美感判断是主观的而却有普遍性，因为人心的构造彼此相同。黑格尔以为美是在个别事物上见出“概念”或理想。比如你觉得峨眉山美，由于它表现“庄严”“厚重”的概念。你觉得《孔雀东南飞》美，由于它表现“爱”与“孝”两种理想的冲突。托尔斯泰以为美的事物都含有宗教和道德的教训。此外还有许多其他的说法。说法既不一致，就只有都是错误的可能而没有都是不错的可能，好比一个数学题生出许多不同的答数一样。大约哲学家们都犯过信理智的毛病，艺术的欣赏大半是情感的而不是理智的。在觉得一件事物美时，我们纯凭直觉，并不是在下判断，如康德所说的；也不是在从个别事物中见出普遍原理，如黑格尔、托尔斯泰一班人所说的；因为这些都是科学的或实用的活动，而美感并不是科学的或实用的活动。还不仅此，美虽不完全在物却亦非与物无关。你看到峨眉山才觉得庄严、厚重，看到一个小土墩却不能觉得庄严、厚重。从此可知物须先有使人觉到美的可能性，人不能完全凭心灵创造出美来。

依我们看，美不完全在外物，也不完全在人心，它是心物婚媾后所产生的婴儿。美感起于形象的直觉。形象属物而却不完全属于物，因为无我即无由见出形象；直觉属我而却不完全属于我，因为无物则直觉无从活动。美之中要有人情也要有物理，二者缺一都不能见出美。再拿欣赏古松的例子来说，松的苍翠劲直是物理，松的清风亮节是人情。从“我”的方面说，古松的形象并非天生自在的，同是一棵古松，千万人所见到的形象就有千万不同，所以每个形象都是每个人凭着人情创造出来的，每个人所见到的古松的形象就是每个人所创造的艺术品，它有艺术品通常所具的个性，它能表现各个人的性分和情趣。从“物”的方面说，创造都要有创造者和所创造物，所创造物并非从无中生有，也要有若干材料，这材料也要有创造成美的可能性。松所生的意象和柳所生的意象不同，和癞蛤蟆所生的意象又不同。所以松的形象这一个艺术品的成功，一半是我的贡献，一半是松的贡献。

这里我们要进一步研究我与物如何相关了。何以有些事物使我觉得美，有些事物使我觉得丑呢？我们最好用一个浅例来说明这个道理。比如我们看下列六条垂直线，往往把它们看成三个柱子，觉得这三个柱子所围的空间（即A与B、C与D和E与F所围的空间）离我们较近，而B与C以及D与E所围的空间则看成背景，离我们较远。还不仅此。我们把这六条垂直线摆在一块看，它们仿佛自成一个谐和的整体；至于G与H两条没有规律的线则仿佛是这整体以外的东西，如果勉强把它搭上前面的六条线一块看，就觉得它不和谐。

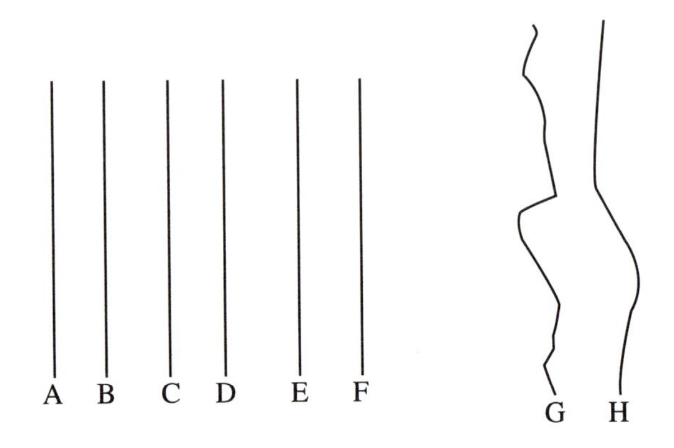

（1）A与B，C与D，E与F距离都相等。

（2）B与C，D与E距离相等，略大于A与B的距离。

（3）F与C的距离较B与C的距离大。

（4）A、B、C、D、E、F为六条平行垂直线，G与H为两条没有规律的线。

从这个有趣的事实，我们可以看出两个很重要的道理：

一、最简单的形象的直觉都带有创造性。把六条垂直线看成三个柱子，就是直觉到一种形象。它们本来同是垂直线，我们把A和B选在一块看，却不把B和C选在一块看；同是直线所围的空间，本来没有远近的分别，我们却把A、B中空间看得近，把B、C中空间看得远。从此可知在外物者原来是散漫混乱，经过知觉的综合作用，才现出形象来。形象是心灵从混乱的自然中所创造成的整体。

二、心灵把混乱的事物综合成整体的倾向却有一个限制，事物也要本来就有可综合为整体的可能性。A至F六条线可以看成一个整体，G与H两条线何以不能纳入这个整体里面去呢？这里我们很可以见出在觉美觉丑时心和物的关系。我们从左看到右时，看出CD和AB相似，DE又和BC相似。这两种相似的感觉便在心中形成一个有规律的节奏，使我们预料此后都可由此例推，右边所有的线都顺着左边诸线的节奏。视线移到EF两线时，所预料的果然出现，EF果然与CD也相似。预料而中，自然发生一种快感。但是我们再向右看，看到G与H两线时，就猛觉与前不同，不但G和F的距离猛然变大，原来是像柱子的平行垂直线，现在却是两条毫无规律的线。这是预料不中，所以引起不快感。因此G与H两线不但在物理方面和其他六条线不同，在情感上也和它们不能谐和，所以被就摈于整体之外。

这里所谓“预料”自然不是有意的，好比深夜下楼一样，步步都踏着一步梯，就无意中预料以下都是如此，倘若猛然遇到较大的距离，或是踏到平地，才觉得这是出于意料。许多艺术都应用规律和节奏，而规律和节奏所生的心理影响都以这种无意的预料为基础。

懂得这两层道理，我们就可以进一步来研究美与自然的关系了。一般人常欢喜说“自然美”，好像以为自然中已有美，纵使没有人去领略它，美也还是在那里。这种见解就是我们在上文已经驳过的美本在物的说法。其实“自然美”三个字，从美学观点看，是自相矛盾的，是“美”就不“自然”，只是“自然”就还没有成为“美”。说

“自然美”就好比说上文六条垂直线已有三个柱子的形象一样。如果你觉得自然美，自然就已经过艺术化，成为你的作品，不复是生糙的自然了。比如你欣赏一棵古松，一座高山，或是一湾清水，你所见到的形象已经不是松、山、水的本色，而是经过人情化的。各人的情趣不同，所以各人所得于松、山、水的也不一致。

流行语中有一句话说得极好：“情人眼底出西施。”美的欣赏极似“柏拉图式的恋爱”。你在初尝恋爱的滋味时，本来也是寻常血肉做的女子却变成你的仙子。你所理想的女子的美点她都应有尽有。在这个时候，你眼中的她也不复是她自己原身而是经你理想化过的变形。你在理想中先酝酿成一个尽美尽善的女子，然后把她外射到你的爱人身上去，所以你的爱人其实不过是寄托精灵的躯骸。你只见到精灵，所以觉得无瑕可指；旁人冷眼旁观，只见到躯骸，所以往往诧异道：“他爱上她，真是有些奇怪。”一言以蔽之，恋爱中的对象是已经艺术化过的自然。

美的欣赏也是如此，也是把自然加以艺术化。所谓艺术化，就是人情化和理想化。不过美的欣赏和寻常恋爱有一个重要的异点。寻常恋爱都带有很强烈的占有欲，你既恋爱一个女子，就有意无意地存有“欲得之而甘心”的态度。美感的态度则丝毫不带占有欲。一朵花无论是生在邻家的园子里或是插在你自己的瓶子里，你只要能欣赏，它都是一样美。老子所说的“为而不有，功成而不居”，可以说是美感态度的定义。古董商和书画金石收藏家大半都抱有“奇货可居”的态度，很少有能真正欣赏艺术的。我在上文说过，美的欣赏极似“柏拉图式的恋爱”，所谓“柏拉图式的恋爱”对于所爱者也只是无所为而为的欣赏，不带占有欲。这种恋爱是否可能，颇有人置疑，但是历史上有多少著例，凡是到极浓度的初恋者也往往可以达到胸无纤尘的境界。

法国印象派大师

卡米耶·毕沙罗（1830—1903）《皮埃特之家》

空中楼阁

——创造的想象

雕刻家在一块顽石中雕出一座爱神来，

画家在一片荒林中描出一幅风景画来，

都是在混乱的情境中把用得着的成分单提出来，

把用不着的成分丢开，来造成一个完美的形象。

艺术和游戏都是意造空中楼阁来慰情遣兴。现在我们来研究这种楼阁是如何建筑起来的，这就是说，看看诗人在作诗或是画家在作画时的心理活动到底像什么样。

为说话易于明了起见，我们最好拿一个艺术作品做实例来讲。本来各种艺术都可以供给这种实例，但是能拿真迹摆在我们面前的只有短诗。所以我们姑且选一首短诗，不过心里要记得其他艺术作品的道理也是一样。比如王渔洋所推为唐人七绝“压卷”作的王昌龄的《长信怨》：

奉帚平明金殿开，暂将团扇共徘徊。玉颜不及寒鸦色，犹带昭阳日影来。

大家都知道，这首诗的主人是班婕妤。她从失宠于汉成帝之后，谪居长信宫奉侍太后。昭阳殿是汉成帝和赵飞燕住的地方。这首诗是一个具体的艺术作品。王昌龄不曾留下记载来，告诉我们他作时心理历程如何，他也许并没有留意到这种问题。但是我们用心理学的帮助来从文字上分析，也可以想见大概。他作这首诗时有哪些心理的活动呢？

一、他必定使用想象。

什么叫作想象呢？它就是在心里唤起意象。比如看到寒鸦，心中就印下一个寒鸦的影子，知道它像什么样，这种心镜从外物摄来的影子就是“意象”。意象在脑中留有痕迹，我眼睛看不见寒鸦时仍然可以想到寒鸦像什么样，甚至于你从来没有见过寒鸦，别人描写给你听，说它像什么样，你也可以凑合已有意象推知大概。这种回想或凑合以往意象的心理活动叫作“想象”。

想象有再现的，有创造的。一般的想象大半是再现的。原来从知觉得来的意象如此，回想起来的意象仍然是如此，比如我昨天看见一只鸦，今天回想它的形状，丝毫不用自己的意思去改变它，就是只用再现的想象。艺术作品不能不用再现的想象。比如这首诗里“奉帚”“金殿”“玉颜”“寒鸦”“日影”“团扇”“徘徊”，等等，在独立时都只是再现的想象。“团扇”一个意象尤其如此。班婕妤自己在《怨歌行》里已经用过秋天丢开的扇子自比，王昌龄不过是借用这个典故。诗作出来总须旁人能懂得，“懂得”就是能够唤起以往的经验来印证。用以往的经验来印证新经验大半凭借再现的想象。

但是只有再现的想象决不能创造艺术。艺术既是创造的，就要用创造的想象。创造的想象也并非从无中生有，它仍用已有意象，不过把它们加以新配合。王昌龄的《长信怨》精彩全在后两句，这后两句就是用创造的想象做成的。个个人都见过“寒鸦”和“日影”，从来却没有人想到班婕妤的“怨”可以见于带昭阳日影的寒鸦。但是这话一经王昌龄说出，我们就觉得它实在是至情至理。从这个实例看，创造的定义就是：平常的旧材料之不平常的新综合。

王昌龄的题目是《长信怨》。“怨”字是一个抽象的字，他的诗却画出一个如在目前的具体的情境，不言怨而怨自见。艺术不同哲学，它最忌讳抽象。抽象的概念在艺术家的脑里都要先翻译成具体的意象，然后才表现于作品。具体的意象才能引起深切的情感。比如说“贫富不均”一句话入耳时只是一笔冷冰冰的总账，杜工部的“朱门酒肉臭，路有冻死骨”才是一幅惊心动魄的图画。思想家往往不是艺术家，就因为不能把抽象的概念翻译为具体的意象。

从理智方面看，创造的想象可以分析为两种心理作用：一是分想作用，一是联想作用。

我们所有的意象都不是独立的，都是嵌在整个经验里面的，都是和许多其他意象固结在一起的。比如我昨天在树林里看见一只鸦，同时还看见许多其他事物，如树林、天空、行人等等。如果这些记忆都全盘复现于意识，我就无法单提鸦的意象来应用。好比你只要用一根丝，它裹在一团丝里，要单抽出它而其他的丝也连带地抽出来一样。“分想作用”就是把某一个意象（比如说鸦）和与它相关的许多意象分开而单提出它来。这种分想作用是选择的基础。许多人不能创造艺术就因为没有这副本领。他们常常说：“一部十七史从何处说起？”他们一想到某一个意象，其余许多平时虽有关系而与本题却不相干的意象都一齐涌上心头来，叫他们无法脱围。小孩子读死书，往往要从头背诵到尾，才想起一篇文章中某一句话来，也就是吃不能“分想”的苦。

有分想作用而后有选择，只是选择有时就已经是创造。雕刻家在一块顽石中雕出一座爱神来，画家在一片荒林中描出一幅风景画来，都是在混乱的情境中把用得着的成分单提出来，把用不着的成分丢开，来造成一个完美的形象。诗有时也只要有分想作用就可以作成。例如，“采菊东篱下，悠然见南山”“寒波澹澹起，白鸟悠悠下”“风吹草低见牛羊”诸名句都是从混乱的自然中划出美的意象来，全无机杼的痕迹。

不过创造大半是旧意象的新综合，综合大半借“联想作用”。我们在上文谈美感与联想时已经说过错乱的联想妨碍美感的道理，但是我们却保留过一条重要的原则："联想是知觉和想象的基础。艺术不能离开知觉和想象，就不能离开联想。"现在我们可以详论这番话的意义了。

我们曾经把联想分为"接近"和"类似"两类。比如，这首诗里所用的"团扇"这个意象，在班婕妤自己第一次用它时，是起于类似联想，因为她见到自己色衰失宠类似秋天的弃扇；在王昌龄用它时则起于接近联想，因为他读过班婕妤的《怨歌行》，提起班婕妤就因经验接近而想到团扇的典故。不过他自然也可以想到她和团扇的类似。

"怀古""忆旧"的作品大半起于接近联想，例如，看到赤壁就想起曹操和苏东坡，看到遗衣挂壁就想到已故的妻子。类似联想在艺术上尤其重要。《诗经》中"比""兴"两体都是根据类似联想。比如《关关雎鸠》章就是拿雎鸠的挚爱比夫妇的情谊。《长信怨》里的"玉颜"在现在已成滥调，但是第一次用这两个字的人却费了一番想象。"玉"和"颜"本来是风马牛不相及，只因为在色泽肤理上相类似，就嵌合在一起了。语言文字的引申义大半都是这样起来的。例如，"云破月来花弄影"一句词中三个动词都是起于类似联想的引申义。

因为类似联想的结果，物固然可以变成人，人也可变成物。物变成人通常叫作"拟人"。《长信怨》的"寒鸦"是实例。鸦是否能寒，我们不能直接感觉到，我们觉得它寒，便是设身处地地想。不但如此，寒鸦在这里是班婕妤所羡慕而又妒忌的受恩承宠者，它也许是

法国印象派画家
爱德华·马奈（1832—1883）
《莫奈在船上画室》作于1874年

隐喻赵飞燕。一切移情作用都起类似联想，都是“拟人”的实例。例如，“感时花溅泪，恨别鸟惊心”和“水是眼波横，山是眉峰聚”一类的诗句都是以物拟人。

人变成物通常叫作“托物”。班婕妤自比“团扇”，就是托物的实例。“托物”者大半不愿直言心事，故婉转以隐语出之。曹子建被迫于乃兄，在走七步路的时间中作成一首诗说：

> 煮豆燃豆萁，豆在釜中泣。本是同根生，相煎何太急！

清朝有一位诗人不敢直骂爱新觉罗氏以胡人夺了明朝的江山，乃在咏《紫牡丹》诗里寄意说：

> 夺朱非正色，异种亦称王。

这都是托物的实例。最普通的托物是“寓言”，寓言大半拿动植物的故事来隐射人类的是非善恶。托物是中国文人最欢喜的玩艺儿。庄周、屈原首开端倪。但是后世注疏家对于古人诗文往往穿凿附会太过，黄山谷说得好：

> 彼喜穿凿者弃其大旨，取其发兴，于所遇林泉人物草木鱼虫，以为物物皆有所托，如世间商度隐语者，则诗委

地矣！

“拟人”和“托物”都属于象征。所谓“象征”，就是以甲为乙的符号。甲可以做乙的符号，大半起于类似联想。象征最大的用处就是以具体的事物来代替抽象的概念。我们在上文说过，艺术最怕抽象和空泛，象征就是免除抽象和空泛的无二法门。象征的定义可以说是“寓理于象”。梅圣俞《续金针诗格》里有一段话很可以发挥这个定义：

> 诗有内外意，内意欲尽其理，外意欲尽其象。内外意含蓄，方入诗格。

上面诗里的“昭阳日影”便是象征皇帝的恩宠。“皇帝的恩宠”是“内意”，是“理”，是一个空泛的抽象概念，所以王昌龄拿“昭阳日影”这个具体的意象来代替它，“昭阳日影”便是“象”，便是“外意”。不过这种象征是若隐若现的。诗人用“昭阳日影”时，原来因为“皇帝的恩宠”一类的字样不足以尽其意蕴，如果我们一定要把它明白指为“皇帝的恩宠”的象征，这又未免剪云为裳，以迹象绳玄渺了。诗有可以解说出来的地方，也有不可以解说出来的地方。不可以言传的全赖读者意会。在微妙的境界我们尤其不可拘虚绳墨。

超以象外，得其环中

——创造与情感

情感是生生不息的，意象也是生生不息的。

换一种情感就是换一种意象，换一种意象就是换一种境界。

二、诗人于想象之外又必有情感。

分想作用和联想作用只能解释某意象的发生如何可能，不能解释作者在许多可能的意象之中何以独抉择该意象。再就上文所引的王昌龄的《长信怨》来说，长信宫四围的事物甚多，他何以单择寒鸦？和寒鸦可发生联想的事物甚多，他何以单择昭阳日影？联想并不是偶然的，有几条路可走时而联想只走某一条路，这就由于情感的阴驱潜率。在长信宫四围的许多事物之中只有带昭阳日影的寒鸦可以和弃妇的情怀相照映，只有它可以显出一种“怨”的情境。在艺术作品中人情和物理要融成一气，才能产生一个完整的境界。

这个道理可以再用一个实例来说明，比如王昌龄的《闺怨》：

> 闺中少妇不知愁，春日凝妆上翠楼。忽见陌头杨柳色，悔教夫婿觅封侯！

杨柳本来可以引起无数的联想，桓温因杨柳而想到“树犹如此，人何以堪！”萧道成因杨柳而想起“此柳风流可爱，似张绪当年！”韩君平因杨柳而想起“昔日青青今在否”的章台妓女，何以这首诗的主人独懊悔当初劝丈夫出去谋官呢？因为“夫婿”的意象对于“春日凝妆上翠楼”的闺中少妇是一种受情感饱和的意象，而杨柳的浓绿又最易惹起春意，所以经它一触动，“夫婿”的意象就立刻浮上她的心头了。情感是生生不息的，意象也是生生不息的。换一种情感就是换一种意象，换一种意象就是换一种境界。即景可以生情，因情也可以生景。所以诗是作不尽的。有人说，风花雪月等等都已经被前人说滥了，所有的诗都被前人作尽了，诗是没有未来的了。这般人不但不知诗为何物，也不知生命为何物。诗是生命的表现。生命像柏格森所说的，时时在变化中即时时在创造中。说诗已经作穷了，就不啻说生命已到了末日。

王昌龄既不是班婕妤，又不是“闺中少妇”，何以能感到她们的情感呢？这又要回到“子非鱼，安知鱼之乐”的老问题了。诗人和艺术家都有“设身处地”和“体物入微”的本领。他们在描写一个人时，就要钻进那个人的心孔，在霎时间就要变成那个人，亲自享受他的生命，领略他的情感。所以我们读他们的作品时，觉得它深中情理。在这种心灵感通中我们可以见出宇宙生命的联贯。诗人和艺术家的心就是一个小宇宙。

一般批评家常欢喜把文艺作品分为“主观的”和“客观的”两类，以为写自己经验的作品是主观的，写旁人的作品是客观的。这种分别其实非常肤浅。凡是主观的作品都必同时是客观的，凡是客观的作品亦必同时是主观的。比如说班婕妤的《怨歌行》：

> 新裂齐纨素，皎洁如霜雪，裁为合欢扇，团团似明月。出入君怀袖，动摇随风发。常恐秋节至，凉飙夺炎热，弃捐箧笥中，恩情中道绝。

她拿团扇自喻，可以说是主观的文学。但是班婕妤在作这首诗时就不能同时在怨的情感中过活，她须暂时跳开切身的情境，看看它像什么样子，才能发现它像团扇。这就是说，她在作《怨歌行》时须退处客观的地位，把自己的遭遇当作一幅画来看。在这一刹那中，她就已经由弃妇变而为歌咏弃妇的诗人了，就已经在实际人生和艺术之中辟出一种距离来了。

再比如说王昌龄的《长信怨》。他以一位唐朝的男子来写一位汉朝的女子，他的诗可以说是客观的文学。但是他在作这首诗时一定要设身处地地想象班婕妤谪居长信宫的情况如何。像班婕妤自己一样，他也是拿弃妇的遭遇当作一幅画来欣赏。在想象到聚精会神时，他达到我们在前面所说的物我同一的境界，霎时之间，他的心境就变成班婕妤的心境了，他已经由客观的观赏者变而为主观的享受者了。总之，主观的艺术家在创造时也要能“超以象外”，客观的艺术家在创造时也要能“得其环中”，像司空图所说的。

文艺作品都必具有完整性。它是旧经验的新综合，它的精彩就全在这综合上面见出。在未综合之前，意象是散漫零乱的；在既综合之后，意象是谐和整一的。这种综合的原动力就是情感。凡是文艺作品都不能拆开来看，说某一笔平凡，某一句警辟，因为完整的全体中各部分都是相依为命的。人的美往往在眼睛上现出，但是也要全体健旺，眼中精神才饱满，不能把眼睛单拆开来，说这是造化的“警句”。严沧浪说过：“汉魏古诗，气象混沌，难以句摘；晋以还始有佳句。”这话本是见道语而实际上又不尽然。晋以还始有佳句，但是晋以还的好诗像任何时代的好诗一样，仍然“难以句摘”。比如《长信怨》的头两句：“奉帚平明金殿开，暂将团扇共徘徊”，拆开来单看，本很平凡。但是如果没有这两句所描写的荣华冷落的情境，便显不出后两句的精彩。功夫虽从点睛见出，却从画龙做起。凡是欣赏或创造文艺作品，都要先注意到总印象，不可离开总印象而细论枝节。比如古诗《江南》：

采莲复采莲，莲叶何田田！鱼戏莲叶东，鱼戏莲叶西，鱼戏莲叶南，鱼戏莲叶北。

单看起来，每句都无特色，合看起来，全篇却是一幅极幽美的意境。这不仅是汉魏古诗是如此，晋以后的作品如陈子昂的《登幽州台歌》：

前不见古人，后不见来者，念天地之悠悠，独怆然而涕下。

也是要在总印象上玩味，决不能字斟句酌。晋以后的诗和晋以后的词大半都是细节胜于总印象，聪明气和斧凿痕迹都露在外面，这的确是艺术的衰落现象。

情感是综合的要素，许多本来不相关的意象如果在情感上能调协，便可形成完整的有机体，比如李太白的《长相思》收尾两句说：

相思黄叶落，白露点青苔。

钱起的《湘灵鼓瑟》收尾两句说：

曲终人不见，江上数峰青。

荷兰后印象派画家

文森特·梵·高（1853—1890）《向日葵》作于1888年

温飞卿的《菩萨蛮》前阕说：

水晶帘里颇黎枕，暖香惹梦鸳鸯锦。江上柳如烟，雁飞残月天。

秦少游的《踏莎行》前阕说：

雾失楼台，月迷津渡，桃源望断无寻处。可堪孤馆闭春寒，杜鹃声里斜阳暮。

这里加圈的字句所传出的意象都是物景，而这些诗词全体原来都是着重人事。我们仔细玩味这些诗词时，并不觉得人事之中猛然插入物景为不伦不类，反而觉得它们天生地成地联络在一起，互相烘托，益见其美。这就由于它们在情感上是谐和的。单拿“曲终人不见，江上数峰青”两句诗来说，曲终人杳虽然与江上峰青绝不相干，但是这两个意象都可以传出一种凄清冷静的情感，所以它们可以调和。如果只说“曲终人不见”而无“江上数峰青”，或是只说“江上数峰青”而无“曲终人不见”，意味便索然了。从这个例子看，我们可以见出创造如何是平常的意象的不平常的综合，诗如何要论总印象，以及情感如何使意象整一，种种道理了。

因为有情感的综合，原来似散漫的意象可以变成不散漫，原来似重复的意象也可以变成不重复。《诗经》里面的诗大半每篇都有数章，而数章所说的话往往无大差别。例如《王风·黍离》：

> 彼黍离离，彼稷之苗。行迈靡靡，中心摇摇。知我者谓我心忧，不知我者谓我何求！悠悠苍天，此何人哉？
>
> 彼黍离离，彼稷之穗。行迈靡靡，中心如醉。知我者谓我心忧，不知我者谓我何求！悠悠苍天，此何人哉？
>
> 彼黍离离，彼稷之实。行迈靡靡，中心如噎。知我者谓我心忧，不知我者谓我何求！悠悠苍天，此何人哉？

这三章诗每章都只更换两三个字，只有“苗”“穗”“实”三字指示时间的变迁，其余“醉”“噎”两字只是为压韵而更换的，在意义上并不十分必要。三章诗合在一块不过是说：“我一年四季心里都在忧愁。”诗人何必把它说一遍又说一遍呢？因为情感原是往复低徊、缠绵不尽的。这三章诗在意义上确似重复而在情感上则不重复。

总之，艺术的任务是在创造意象，但是这种意象必定是受情感饱和的。情感或出于己，或出于人，诗人对于出于己者须跳出来视察，对于出于人者须钻进去体验。情感最易感通，所以“诗可以群”。

从心所欲，不逾矩

——创造与格律

艺术须寓整齐于变化。

一味齐整，如钟摆摇动声，固然是单调；

一味变化，如市场嘈杂声，也还是单调。

三、在艺术方面，受情感饱和的意象是嵌在一种格律里面的。

我们再拿王昌龄的《长信怨》来说，在上文我们已经从想象和情感两个观点研究过它，话虽然已经说得不少，但是如果到此为止，我们就不免抹煞了这首诗的一个极重要的成分。《长信怨》不仅是一种受情感饱和的意象，而这个意象又是嵌在调声压韵的“七绝”体里面的。“七绝”是一种格律。《长信怨》的意象是王昌龄的特创，这种格律却不是他的特创。他以前有许多诗人用它，他以后也有许多诗人用它。它是诗人们父传子、子传孙的一套家当。其他如五古、七古、五律、七律以及词的谱调等等，也都是如此。

格律的起源都是归纳的，格律的应用都是演绎的。它本来是自然律，后来才变为规范律。

专就诗来说，我们来看格律如何本来是自然的。

诗和散文不同。散文叙事说理，事理是直捷了当、一往无余的，所以它忌讳迂回往复，贵能直率流畅。诗遣兴表情，兴与情都是低徊往复、缠绵不尽的，所以它忌讳直率，贵有一唱三叹之音，使情溢于辞。粗略地说，散文大半用叙述语气，诗大半用惊叹语气。

拿一个实例来说，比如看见一位年轻姑娘，你如果把这段经验当作“事”来叙，你只须说“我看见一位年轻姑娘”；如果把它当作“理”来说，你只须说“她年纪轻所以漂亮”。事既叙过了，理既说明了，你就不必再说什么，听者就可以完全明白你的意思。但是如果你一见就爱了她，你只说“我爱她”还不能了事，因为这句话只是叙述一桩事而不是传达一种情感，你是否真心爱她，旁人在这句话本身中还无从见出。如果你真心爱她，你此刻念她，过些时候还是念她。你的情感来而复去，去而复来。它是一个最不爽快的搅扰者。这种缠绵不尽的神情就要一种缠绵不尽的音节才表现得出。这个道理随便拿一首恋爱诗来看就会明白。比如古诗《华山畿》：

奈何许！天下人何限？慊慊只为汝！

这本来是一首极简短的诗，不是讲音节的好例，但是在这极短的

荷兰印象派画家

文森特·梵·高（1853—1890）《房屋》

篇幅中我们已经可以领略到一种缠绵不尽的情感，就因为它的音节虽短促而却不直率。它的起句用“许”字落脚，第二句虽然用一个和“许”字不协韵的“限”字，末句却仍回到和“许”字协韵的“汝”字落脚。这种音节是往而复返的。（由“许”到“限”是往，由“限”到“汝”是返。）它所以往而复返者，就因为情感也是往而复返的。这种道理在较长的诗里更易见出，你把《诗经》中《卷耳》或是上文所引过的《黍离》玩味一番，就可以明白。

韵只是音节中一个成分。音节除韵以外，在章句长短和平仄交错中也可以见出。章句长短和平仄交错的存在理由也和韵一样，都是顺着情感的自然需要。分析到究竟，情感是心感于物的激动，和脉搏、呼吸诸生理机能都密切相关。这些生理机能的节奏都是抑扬相间，往而复返，长短轻重成规律的。情感的节奏见于脉搏、呼吸的节奏，脉搏、呼吸的节奏影响语言的节奏。诗本来就是一种语言，所以它的节奏也随情感的节奏于往复中见规律。

最初的诗人都无意于规律而自合于规律，后人研究他们的作品，才把潜在的规律寻绎出来。这种规律起初都只是一种总结账，一种统计，例如，“诗大半用韵”“某字大半与某字协韵”“章句长短大半有规律”“平声和仄声的交错次第大半如此如此”之类。这本来是一种自然律。后来作诗的人看见前人做法如此，也就如法炮制。从前诗人多用五言或七言，他们于是也用五言或七言；从前诗人五言起句用仄仄平平仄，次句往往用平平仄仄平，于是他们调声也用同样的次第。这样一来，自然律就变成规范律了。诗的声韵如此，其他艺术的格律也是如此，都是把前规看成定例。

艺术上的通行的做法是否可以定成格律，以便后人如法炮制呢？

这是一个很难的问题，绝对的肯定答复和绝对的否定答复都不免有流弊。从历史看，艺术的前规大半是先由自然律变而为规范律，再由规范律变而为死板的形式。一种作风在初盛时，自身大半都有不可磨灭的优点。后来闻风响应者得其形似而失其精神，有如东施学西施捧心，在彼为美者在此反适增其丑。流弊渐深，反动随起，于是文艺上有所谓“革命运动”。文艺革命的首领本来要把文艺从格律中解放出来，但是他们的闻风响应者又把他们的主张定为新格律。这种新格律后来又因经形式化而引起反动。一波未平，一波又起。一部艺术史全是这些推陈翻新、翻新为陈的轨迹。王静安在《人间词话》里所以说：

> 四言敝而有《楚辞》，《楚辞》敝而有五言，五言敝而有七言，古诗敝而有律绝，律绝敝而有词。盖文体通行既久，染指遂多，自成习套，豪杰之士亦难于其中自出新意，故遁而作他体，以自解脱。一切文体所以始盛终衰者，皆由于此。

法国印象派画家

保罗·高更（1848—1903）后印象主义《皇后磨坊》

在西方文艺中，古典主义、浪漫主义、写实主义和象征主义相代谢的痕迹也是如此。各派有各派的格律，各派的格律都有因成习套而“敝”的时候。

格律既可“敝”，又何取乎格律呢？格律都有形式化的倾向，形式化的格律都有束缚艺术的倾向。我们知道这个道理，就应该知道提倡要格律的危险。但是提倡不要格律也是一桩很危险的事。我们固然应该记得格律可以变为死板的形式，但是我们也不要忘记第一流艺术家大半都是从格律中做出来的。比如陶渊明的五古，李太白的七古，王摩诘的五律以及温飞卿、周美成诸人所用的词调，都不是出自作者心裁。

提倡格律和提倡不要格律都有危险，这岂不是一个矛盾么？这并不是矛盾。创造不能无格律，但是只做到遵守格律的地步也决不足与言创造。我们现在把这个道理解剖出来。

诗和其他艺术都是情感的流露。情感是心理中极原始的一种要素。人在理智未发达之前先已有情感；在理智既发达之后，情感仍然是理智的驱遣者。情感是心感于物所起的激动，其中有许多人所共同的成分，也有某个人所特有的成分。这就是说，情感一方面有群性，一方面也有个性，群性是得诸遗传的，是永恒的，不易变化的；个性是成于环境的，是随环境而变化的。所谓“心感于物”，就是以得诸遗传的本能的倾向对付随人而异、随时而异的环境。环境随人随时而异，所以人类的情感时时在变化；遗传的倾向为多数人所共同，所以情感在变化之中有不变化者存在。

这个心理学的结论与本题有什么关系呢？艺术是情感的返照，它也有群性和个性的分别，它在变化之中也要有不变化者存在。比如单拿诗来说，四言、五言、七言、古、律、绝、词的交替是变化，而音节的需要则为变化中的不变化者。变化就是创造，不变化就是因袭。把不变化者归纳成为原则，就是自然律。这种自然律可以用为规范律，因为它本来是人类共同的情感的需要。但是只有群性而无个性，只有整齐而无变化，只有因袭而无创造，也就不能产生艺术。末流忘记这个道理，所以往往把格律变成死板的形式。

格律在经过形式化之后往往使人受拘束，这是事实，但是这决不是格律本身的罪过，我们不能因噎废食。格律不能束缚天才，也不能把庸手提拔到艺术家的地位。如果真是诗人，格律会受他奴使；如果不是诗人，有格律他的诗固然腐滥，无格律它也还是腐滥。

古今大艺术家大半都从格律入手。艺术须寓整齐于变化。一味齐整，如钟摆摇动声，固然是单调；一味变化，如市场嘈杂声，也还是单调。由整齐到变化易，由变化到整齐难。从整齐入手，创造的本能和特别情境的需要会使作者在整齐之中求变化以避免单调。从变化入手，则变化之上不能再有变化，本来是求新奇而结果却仍还于单调。

古今大艺术家大半后来都做到脱化格律的境界。他们都从束缚中挣扎得自由，从整齐中酝酿出变化。格律是死方法，全赖人能活用。善用格律者好比打网球，打到娴熟时虽无心于球规而自合于球规，在不识球规者看，球手好像纵横如意，略无牵就规范的痕迹；在识球规者看，他却处处循规蹈矩。姜白石说得好：“文以文而工，不以文而妙。”工在格律而妙则在神髓风骨。

孔夫子自道修养经验说：“七十而从心所欲，不逾矩。”这是道德家的极境，也是艺术家的极境。“从心所欲，不逾矩”，艺术的创造活动尽于这七个字了。“从心所欲”者往往“逾矩”，“不逾矩”者又往往不能“从心所欲”。凡是艺术家都要能打破这个矛盾。孔夫子到快要死的时候才做到这种境界，可见循格律而能脱化格律，大非易事了。

两种美

自然界有两种美：

老鹰、古松是一种，娇莺、嫩柳又是一种。

倘若你细心体会，凡是配用“美”字形容的事物，

不属于老鹰、古松的一类，就属于娇莺、嫩柳的一类，

否则就是两类的混和。

自然界事事物物都是理式的象征，都是共相的殊相，像柏拉图所比拟的，都是背后堤上的行人射在面前墙壁上的幻影。科学家、哲学家和美术家都想揭开自然之秘，在殊相中见出共相。但是他们的出发点不同，目的不同，因而在同一殊相中所见得的共相也不一致。

比如走进一个园子里，你抬头看见一只老鹰坐在苍劲的古松上向你瞪着雄赳赳的眼，回头又看见池边旖旎的柳枝上有一只娇滴滴的黄莺在那儿临风弄舌，这些不同的物件在你胸中所引起的情感是什么样的呢？依科学家看，松和柳同具“树”的共相，鹰和莺同具“鸟”的

共相，然而在情感方面，老鹰却和古松同调，娇莺却和嫩柳同调；借用名学的术语在美术上来说，鹰和松同具一个美的共相，莺和柳又同具一个美的共相，它们所象征的全然不同。倘若莺飞上松顶，鹰栖在柳枝，你登时就会发生不调和的感觉。虽然为变化出奇起见，这种不伦不类的配合有时也为美术家所许可的。

自然界有两种美：老鹰、古松是一种，娇莺、嫩柳又是一种。倘若你细心体会，凡是配用“美”字形容的事物，不属于老鹰、古松的一类，就属于娇莺、嫩柳的一类，否则就是两类的混和。从前人有两句六言诗说：“骏马秋风冀北，杏花春雨江南。”这两句诗每句都只提起三个殊相，然而可象征一切美。你遇到任何美的事物，都可以拿它们做标准来分类。比如说峻崖，悬瀑，狂风，暴雨，沉寂的夜或是无垠的沙漠，垓下哀歌的项羽或是床头捉刀的曹操，你可以说这是“骏马秋风冀北”的美；比如说清风，皓月，暗香，疏影，青螺似的山光，媚眼似的湖水，葬花的林黛玉或是“侧帽饮水”的纳兰，你可以说这是“杏花春雨江南”的美。因为这两句诗每句都象征一种美的共相。

这两种美的共相是什么呢？定义正名向来是难事，但是形容词是容易找的。我说“骏马秋风冀北”时，你会想到“雄浑”“劲健”，我说“杏花春雨江南”时，你会想到“秀丽”“纤浓”，前者是“气概”，后者是“神韵”；前者是刚性美，后者是柔性美。

刚性美是动的，柔性美是静的。动如醉，静如梦。尼采在《悲剧之起源》里说艺术有两种，一种是醉的产品，音乐和跳舞是最显著的例；一种是梦的产品，一切造形的艺术如诗、如雕刻都属这一类。他拿光神阿波罗和酒神狄俄倪索斯来象征这两种艺术。你看阿波罗的光辉那样热烈么？其实他的面孔比渴睡汉还更恬静，世界一切色相得他的光才呈现，所以都是他在那儿梦出来的。诗人和雕刻家的任务也和阿波罗一样，全是在造色相，换句话说，全是在做梦。狄俄倪索斯就完全相反。他要图刹那间的尽量的欢乐。在青葱茂密的葡萄丛里，看蝶在翩翩地飞，蜂在嗡嗡地响，他不由自主地把自己投在生命的狂澜里，放着嗓子狂歌，提着足尖乱舞。他固然没有造出阿波罗所造的那些恬静幽美的幻梦，那些光怪陆离的色相，可是他的歌和天地间生气相出息，他的舞和大自然有脉搏共起落，也是发泄，也是表现，总而言之，也是人生不可少的一种艺术。在尼采看，这两种相反的美熔于一炉，才产出希腊的悲剧。

尼采所谓狄俄倪索斯的艺术是刚性的，阿波罗的艺术是柔性的，其实在同一种艺术之中也有刚柔之别。比如说音乐，贝多芬的《第三合奏曲》和《热情曲》固然像狂风暴雨，极沉雄悲壮之致，而《月光曲》和《第六合奏曲》则温柔委婉，如悲如诉，与其谓为“醉”，不如谓为“梦”了。

艺术是自然和人生的返照，创作家往往因性格的偏向，而作品也因而畸刚或畸柔。米开朗琪罗在性格上和艺术上都是刚性美的极端的代表。你看他的《摩西》！火焰有比他的目光更烈的么？钢铁有比他的须髯更硬的么？你看他的《大卫》！他那副脑里怕藏着比亚力山大的更惊心动魄的雄图吧？他那只庞大的右臂迟一会儿怕要拔起喜马拉雅山去撞碎哪一个星球吧？亚当是上帝首创的人，可是要结识世界第一个理想的伟男子，你须得到罗马西斯丁教寺的顶壁上去物色，这一幅大气磅礴的创世纪记，没有一个面孔不露着超人的意志，没有一条筋肉不鼓出海格立斯的气力。对这些原始时代的巨人，我们这些退化的侏儒只得自惭形秽，吐舌惊赞。可是凡是娘养的儿子也都不免感到一件缺憾——你看除《德尔斐仙》（Delphic Shbyl）以外，简直没有一个人像女子！你说那位是夏娃么？那位是马妥娜么？假如世界女子们都像那样犷悍，除着独身终身的米开朗琪罗以外的男子们还得把头磬低些呵！

雷阿那多·达·芬奇恰好替米开朗琪罗做一个反衬。假如“亚当”是男性美的象征，女性美的象征从“密罗斯爱神”以后，就不得不推《蒙娜·丽莎》了。那庄重中寓着妩媚的眼，那轻盈而神秘的笑，那丰润而灵活的手，艺术家们已摸索了不知几许年代，到达·芬奇才算寻出，这是多么大的一个成功！米开朗琪罗画“夏娃”和“圣母”，像他画“亚当”一样，都是用他雕“大卫”和“摩西”的那一副手腕，始终脱不去那种峥嵘巍峨的气象。达·芬奇的天才是比较的多方面的，他的世界中固然也有些魁梧奇伟的男子，可是他的特长确为佩特所说的，全在“能勾魂”（fascinating），而他所以“能勾魂”，则全在能摄取女性中最令人留恋的特质表现在幕布上。藏在日内瓦的那幅《圣约翰授洗者》活像女子化身固不用说，连藏在卢浮宫的那幅《酒神》也只是一位带醉的《蒙娜·丽莎》。再看《最后的晚餐》中的耶稣！他披着发，低着眉，在慈祥的面孔中现出悲哀和恻隐，而同时又毫没有失望的神采，除着抚慰病儿的慈母以外，你在哪里能寻出他的"模特儿"呢?

中国古代哲人观察宇宙似乎全都从美术家的观点出发，所以他们在万殊中所见得的共相为"阴"与"阳"。《易经》和后来讳学家把万事万物都归原到两仪四象，其所用标准，就是我们把老鹰配古松，娇莺配嫩柳所用的标准，这种观念在一般人脑里印得很深，所以历来艺术家对于刚柔两种美分得很严。在诗方面有李、杜与王、韦之别，在词方面有苏、辛与温、李之别，在画方面有石涛、八大与六如、十洲之别，在书法方面有颜、柳与褚、赵之别。这种分别常与地域有关系，大约北人偏刚，南人偏柔，所以艺术上的南北派已成为柔性派与刚性派的别名。清朝阳湖派和桐城派对于文章的争执也就在对于刚柔的嗜好不同。姚姬传《复鲁絜非书》是讨论刚柔两种美的文字中最好的一篇，他说：

> 自诸子而降，其为文无有弗偏者。其得于阳与刚之美者，则其文如霆如电，如长风之出谷，如崇山峻崖，如决大河，如奔骐骥；其光也如杲日，如火，如金镠铁，其于人也如凭高视远，如君而朝万众，如鼓万勇士而战之。其

> 得于阴与柔之美者，则其文如升初日，如清风，如云，如霞，如烟，如幽林曲涧，如沦，如漾，如珠玉之辉，如鸿鹄之鸣而入寥阔；其于人也漻乎其如叹，邈乎其如有思，暵乎其如喜，愀乎其如悲。观其文，讽其音，则为文者之性情形状举以殊焉。

统观全局，中国的艺术是偏于柔性美的。中国诗人的理想境界大半是清风皓月、疏林幽谷之类。环境越静越好，生活也越闲越好。他们很少肯跳出那“方宅十余亩，草屋八九间”的宇宙，而凭视八荒，遥听诸星奏乐者。他们以“乐天安命”为极大智慧，随贝雅特里奇上窥华严世界，已嫌多事，至于为着毕尝人生欢娱，穷探地狱秘奥，不惜同恶魔定卖魂约，更忒不安分守己了。因此，他们的诗也大半是微风般的荡漾，轻燕般的呢喃。过激烈的颜色，过激烈的声音和过激烈的情感都是使他们畏避的。他们描写月的时候百倍于描写日，纵使描写日，也只能烘染朝曦九照，遇着盛夏正午烈火似的太阳，可就要进到北窗下高卧，做他的羲皇上人了。司空图《二十四诗品》中只有“雄浑”“劲健”“豪放”“悲慨”四品算是刚性美，其余二十品都偏于阴柔，我读《旧约·约伯记》、莎士比亚的《哈雷姆特》、弥尔顿的《失乐园》诸作，才懂得西方批评学者所谓“宇宙的情感”（cosmic emotion），回头在中国文学中寻实例，除着《逍遥游》《齐物论》《论语·子在川上》章，陈子昂《幽州台怀古》、李白《日出东方隈》诸作以外，简直想不出其他具有“宇宙的情感”的文字。西方批评学者向以sublime为最上品的刚性美，而这个字不特很难应用来说中国诗，连一个恰当的译词也不易得。“雄浑”“劲健”“庄严”诸词都只能得其片面的意义。中国艺术缺乏刚性美在音乐方面尤易见出，比如弹七弦琴，尽管你意在高山，意在流水，它都是一样单调。

抽象立论时，常容易把分别说得过于清楚。刚柔虽是两种相反的美，有时也可以混合调和，在实际上，老鹰有栖柳枝的时候，娇莺有栖古松的时候，也犹如男子中之有杨六郎，女子中之有麦克白夫人，西子湖滨之有两高峰，西伯利亚荒原之有明媚的贝加尔。说李太白专以雄奇擅长么？他的《闺怨》《长相思》《清平调》诸作之艳丽微婉，亦何减于《金筌》《浣花》？说陶渊明专从朴茂清幽入胜么？“纵浪大化中，不喜亦不惧”，又是何等气概？西方古典主义的理想向重和谐匀称，庄严中寓纤丽，才称上乘，到浪漫派才肯畸刚畸柔。中国向来论文的人也赞扬“柔亦不茹，刚亦不吐”，所以姚姬传说，“唯圣人之言统二气之会而弗偏”。比如书法，汉魏六朝人的最上作品如《夏承碑》《瘗鹤铭》《石门铭》诸碑，都能于气势中寓姿韵，亦雄浑，亦秀逸，后来偏刚者为柳公权之脱皮露骨，偏柔者如赵孟頫之弄态作媚，已渐流入下乘了。

（载《一般》第八卷第四期，1928年8月）

谈情与理

问理的道德迫于外力，

问心的道德激于衷情，问理而不问心的道德，

只能给人类以束缚而不能给人类以幸福。

朋友：

去年张东荪先生在《东方杂志》发表过两篇论文，讨论兽性问题，并提出理智救国的主张。今年李石岑先生和杜亚泉先生也为着同样问题，在《一般》上起过一番辩论。一言以蔽之，他们的争点是：我们的生活应该受理智支配呢？还是应该受感情支配呢？张、杜两先生都是理智的辩护者，而李先生则私淑尼采，对于理智颇肆抨击。我自己在生活方面，尝感着情与理的冲突。近来稍涉猎文学、哲学，又发见现代思潮的激变，也由这个冲突发轫。屡次手痒，想做一篇长文，推论情与理在生活与文化上的位置，因为牵涉过广，终于搁笔。在私人通信中，大题不妨小做，而且这个问题也是青年急宜了解的，

所以趁这次机会，粗陈鄙见。

科学家讨论事理，对于规范与事实，辨别极严。规范是应然，是以人的意志定出一种法则来支配人类生活的。事实是实然的，是受自然法则支配的。比方伦理、教育、政治、法律、经济各种学问都侧重规范，数、理、化各种学问都侧重事实。规范虽和事实不同，而却不能不根据事实。比方在教育学中，“自由发展个性”是一种规范，而根据的是儿童心理学中的事实；在马克思派经济学中，“阶级斗争”和“劳工专政”都是规范，而“剩余价值”律和“人口过剩”律是他所根据的事实。但是一般人制定规范，往往不根据事实而根据自己的希望。不知人的希望和自然界的事实常不相伴，而规范是应该限于事实的。规范倘若不根据事实，则不特不能实现，而且漫无意义。比方在事实上二加二等于四，而人的希望往往超过事实，硬想二加二等于五。既以为二加二等于五是很好的，便硬定“二加二应该等于五”的规范，这岂不是梦语？

我所以不满意张东荪、杜亚泉诸先生的学说者，就因为他们既没有把规范和事实分别清楚，而又想离开事实，只凭自家理想去订规范。他们想把理智抬举到万能的地位，而不问在事实上理智是否万能；他们只主张理智应该支配一切生活，而不考究生活是否完全可以理智支配。我很奇怪张先生以柏格森的翻译者而抬举理智，我尤其奇怪杜先生想从哲学和心理学的观点去抨击李先生，而不知李先生的学说得自尼采，又不知他自己所根据的心理学早已陈死。

只论事实，世界文化和个人生活果能顺着理智所指的路径前进么？现代哲学和心理学对于这个问题所给的答案是否定的。

哲学家怎么说呢？现代哲学的主要潮流可以说主要是十八世纪理智主义的反动。自尼采、叔本华以至于柏格森，没有人不看透理智的威权是不实在的。依现代哲学家看，宇宙的生命、社会的生命和个体的生命都只有目的而无先见（purposive without foresight）。所谓有目的，是说生命是有归宿的，是向某固定方向前进的；所谓无先见，是说在某归宿之先，生命不能自己预知归宿何所。比方母鸡孵卵，其目的在产小鸡，而这个目的却不必预存于母鸡的意识中。理智就是先见，生命不受先见支配，所以不受理智支配。这是现代哲学上一种主要思潮，而这个思潮在政治思想上演出两个相反的结论。其一为英国保守派政治哲学。他们说，理智既不能左右社会生命，所以我们应该让一切现行制度依旧存在，它们自己会变好，不用人费力去筹划改革。其一为法国行会主义（syndicalism）。这派激烈分子说，现行制度已经够坏了，把它们打破以后，任它们自己变去，纵然没有理智产生的建设方略，也决不会有比现在更坏的制度发现出来。无论你相信哪一说，理智都不是万能的。

在心理学方面，理智主义的反动尤其剧烈。这种反动有两个大的倾向。第一个倾向是由边沁的享乐主义（hedonism）转到麦独孤的动原主义（homic theory）。享乐派心理学者以为一切行为都不外寻求快感与避免痛感。快感与痛感就是行为的动机。吾人心中预存何者发生快感、何者发生痛感的计算，而后才有寻求与避免的行为。换句话说，行为是理智的产品，而理智所去取，则以感觉之快与不快为标准。这种学说在十八、十九两世纪颇盛行，到了现代，因为受麦独孤心理学者的攻击，已成体无完肤。依麦独孤派学者看，享乐主义误在倒果为因。快感与痛感是行为的结果，不是行为的动机，动作顺利，于是生快感，动作受阻碍，于是生痛感；在动作未发生之前，吾人心中实未曾运用理智，预期快感如何寻求，痛感如何避免。行为的原动力是本能与情绪，不是理智。这个道理麦独孤在他的《社会心理学》里说得很警辟。

心理学上第二个反理智的倾向是弗洛伊德派的隐意识心理学。依这派学者看，心好比大海，意识好比海面浮着的冰山，其余汪洋深湛的统是隐意识。意识在心理中所占位置甚小，而理智在意识中所占位置又甚小，所以理智的能力是极微末的。通常所谓理智，大半是理性化（rationalisation）的结果，理智之来，常不在行为未发生之前，而在行为已发生之后。行为之发生，大半由隐意识中的情意综（complexes）主持。吾人于事后须得解释辩护，于是才找出种种理由来。这便是理性化。比方一个人钟爱一个女子，天天不由自主地走到她的寓所左右。而他自己所能举出的理由只不外"去看报纸""去访她哥哥""去看那棵柳树今天开了几片新叶"一类的话。照这样说，不特理智不易驾驭感情，而理智自身也不过是感情的变相。维护理智的人喜用弗洛伊德的升华说（sublimation）做护身符，不知所谓升华大半还是隐意识作用，其中情的成分比理的成分更加重要。

总观以上各点，我们可以知道在事实上理智支配生活的能力是极微末、极薄弱的，尊理智抑感情的人在思想上是开倒车，是想由现世纪回到十八世纪。开倒车固然不一定就是坏，可是要开倒车的人应该无证明现代哲学和心理学是错误的。不然，我们决难悦服。

更进一步，我们姑且丢开理智是否确能支配情感的问题，而衡量理智的生活是否确比情感的生活价值来得高。迷信理智的人不特假定理智能支配生活，而且假定理智的生活是尽善尽美的。第一个假定，我们已经知道，是与现代哲学和心理学相矛盾的。现在我们来研究第二个假定。

第一，我们应该知道理智的生活是很狭隘的。如果纯任理智，则美术对于生活无意义，因为离开情感，音乐只是空气的震动，图画只是涂着颜色的纸，文学只是联串起来的字。如果纯任理智，则宗教对于生活无意义，因为离开情感，自然没有神奇，而冥感灵通全是迷信。如果纯任理智，则爱对于人生也无意义，因为离开情感，男女的结合只是为着生殖。我们试想生活中无美术，无宗教（我是指宗教的狂热的情感与坚决信仰），无爱情，还有什么意义？记得几年前有一位学生物学的朋友在《学灯》上发表一篇文章，说穷到究竟，人生只不过是吃饭与交媾。他的题目我一时记不起，仿佛是“悲”“哀”一类的字。专从理智着想，他的话是千真万确的。但是他忘记了人是有感情的动物。有了感情，这个世界便另是一个世界，而这个人生便另是一个人生，决不是吃饭交媾就可以了事的。

第二，我们应该知道理智的生活是很冷酷的，很刻薄寡恩的。理智指示我们应该做的事甚多，而我们实在做到的还不及百分之一。所做到的那百分之一大半全是由于有情感在后面驱遣。比方我天天看见很可怜的乞丐，理智也天天提醒我赈济困穷的道理，可是除非我心中怜悯的情感触动时，我百回就有九十九回不肯掏腰包。前几天听见一位国学家投河的消息，和朋友们谈，大家都觉得他太傻。他固然是傻，可是世间有许多事项得有几分傻气的人才能去做。纯信理智的人天天都打计算，有许多不利于己的事他决不肯去做的。历史上许多侠烈的事迹都是情感的而不是理智的。

人类如要完全信任理智，则不特人生趣味剥削无余，而道德亦必流为下品。严密说起，纯任理智的世界中只能有法律而不能有道德。纯任理智的人纵然也说道德，可是他们的道德是问理的道德（morality according to principle），而不是问心的道德（morality according to heart）。问理的道德迫于外力，问心的道德激于衷情，问理而不问心的道德，只能给人类以束缚而不能给人类以幸福。

比方中国人所认为百善之首的“孝”，就可以当作问理的道德，也可以当作问心的道德。如果单讲理智，父母对于子女不能居功，而子女对于父母便不必言孝。这个道理胡适之先生在《答汪长禄书》里说得很透辟。他说：

"'父母于子无恩'的话，从王充、孔融以来，也很久了。……今年我自己生了一个儿子，我才想到这个问题上去。我想这个孩子自己并不曾自由主张要生在我家，我们做父母的也不曾得他的同意，就糊里糊涂的给他一条生命，况且我们也并不曾有意送给他这条生命。我们既无意，如何能居功？……我们生一个儿子，就好比替他种了祸根，又替社会种了祸根。……所以我们教他养他，只是我们减轻罪过的法子。……这可以说是恩典吗？"

因此，胡先生不赞成把"儿子孝顺父母"列为一种"信条"。

胡先生所以得此结论，是假定孝只是一种报酬，只是一种问理的道德。把孝当作这样解释，我也不赞成把它"列为一种信条"。但是我们要知道真孝并不是一种报酬，并不是借债还息。孝只是一种爱，而凡爱都是以心感心，以情动情，决不像做生意买卖，时时抓住算盘子，计算你给我二五，我应该报酬你一十。换句话说，孝是情感的，不是理智的。世间有许多慈母，不惜牺牲一切，以养护她的婴儿；世间也有许多婴儿，无论到了怎样困穷忧戚的境遇，总可以把头埋在母亲的怀里，得那不能在别处得到的保护与安慰。这就是孝的起源，这也就是一切爱的起源。这种孝全是激于至诚的，是我所谓问心的道德。

孝不是一种报酬，所以不是一种义务，把孝看成一种义务，于是"孝"就由问心的道德降而为问理的道德了。许多人"孝顺"父母，并不是因为激于情感，只因为他想凡是儿子都须得孝顺父母，才成体统。礼至而情不至，孝的意义本已丧失。儒家想因存礼以存情，于是孝变成一种虚文。像胡先生所说，“无论怎样不孝的人，一穿上麻衣，带上高梁冠，拿着哭丧棒，人家就赞他做‘孝子’了”。近人非孝，也是从理智着眼，把孝看作一种债息。其实与儒家末流犯同一毛病。问理的孝可非，而问心的孝是不可非的。

孝不过是许多事例中之一种。其他一切道德也都可以有问心的和问理的分别。问理的道德虽亦不可少，而衡其价值，则在问心的道德之下。孔子讲道德注重“仁”字，孟子讲道德注重“义”字，“仁”比“义”更有价值，是孔门学者所公认的。“仁”就是问心的道德，“义”就是问理的道德。宋儒注“仁义”两个字说：“仁者心之德，义者事之宜。”这是很精确的。

我说了这许多话，可以一言以蔽之，“仁”胜于“义”，问心的道德胜于问理的道德，所以情感的生活胜于理智的生活。生活是多方面的，我们不但要能够知（know），我们更要能够感（feel）。理智的生活只是片面的生活。理智没有多大能力去支配情感，纵使理智能支配情感，而理胜于情的生活和文化都不是理想的。

我对于这个问题还有许多的话，在这封信里只能言不尽意，待将来再说。

你的朋友 光潜

此文发表后曾蒙杜亚泉先生给了一个批评（见《一般》三卷三号），当时课忙，所以没有奉复。我此文结论中明明说过："问理的道德虽亦不可少，而衡其价值，则在问心的道德之下。"我并没有说把理智完全勾销。杜先生也说："我也主张主情的道德。"然则我们的意见根本并无二致。我不能不羡慕杜先生真有闲工夫。

杜先生一方面既然承认"朱先生说，'真孝并不是一种报酬'，这句话很精到的"，而另一方面又加上一句"但是'孝不是一种义务'这句话却错了"。我以为他可以说出一番大道理来，而下文不过是如此："至于父母就是社会上担负教育子女义务的人……这种人在衰老的时候，社会也应该辅养他。"说明白一点咧，在子女幼时，父母曾为社会辅养子女；所以到父母者时，子女也应该为社会辅养父母。

请问杜先生，这是不是所谓报酬？承认我的"孝不是一种报酬"一语为"精到"，而说明"孝是一种义务"时，又回到报酬的原理，这似犯了维护理智的人们所谓"矛盾律"。

"今之孝者，是谓能养"，杜先生大约还记得下文吧？我承认"养老""养小"都确是一种义务，我否认能尽这种义务就是孝慈。因为我主张于能尽养老的义务之外，还要有出于衷诚的敬爱，才能谓孝，所以我主张孝不是一种报酬。因为我主张孝不是一种报酬，所以我否认孝只是一种义务。杜先生同意于“孝不是一种报酬”，而致疑于“孝不是一种义务”，这也是矛盾。

维护理智的人，推理一再陷于矛盾，世间还有更好的凭据证明理智不可尽信么？

1928年2月 光潜附注

在生活中寻一些趣味

趣味无可争辩，但是可以修养。
文艺标准是修养出来的纯正的趣味。

我与文学

文艺像历史、哲学两种学问一样，
有如金字塔，要铺下一个很宽广笨重的基础，
才可以逐渐砌成一个尖顶出来。
如果入手就想造成一个尖顶，结果只有倒塌。

我生平有一种坏脾气，每到市场去闲逛，见一样就想买一样。无论是怎样无用的破铜破铁，只要我一时高兴它，就保留不住腰包里最后的一文钱。我做学问也是如此。今天丢开雪莱，去看守薰烟鼓测量反应动作，明天又丢开柏拉图，去在古罗马地道阴森曲折的坟窟中溯"哥特式"大教寺的起源。我已经整整地做过十年的学生，这三十年的光阴都是这样东打一拳西踢一脚地过去了。

在现代社会制度和学问状况之下，百科全书式的学者已经没有存在的可能，一个人总得在许多同样有趣的路径之中选择一条出来走。这已经成为学术界中不成文的宪法，所以读书人初见面，都有一番寒

暄套语："您学哪一科？""文科。""哪一门？""文学。"假如发问者也是学文学的，于是"哪一国文学？哪一方面？哪一时代？哪一个作者？"等问题就接着逼来了。我也屡次被人这样一层紧逼一层地盘问过，虽然也照例回答，心中总不免有几分羞意，我何尝专门研究文学？何况是哪一方面和哪一时代的文学呢？

在许多歧途中，我也碰上文学这条路，说来也颇堪一笑。我立志研究文学，完全由于字义的误解。我在幼时所接触的小知识阶级中，"研究文学"四个字只有两种流行的涵义：做过几首诗，发表几篇文章，甚至翻译过几篇伊索寓言或是安徒生童话，就算"研究文学"。其次随便哼哼诗、念念文章，或是看看小说，也是"研究文学"。我幼时也欢喜哼哼诗、念念文章，自以为比做诗、发表文章者固不敢望尘，若云哼诗念文即研究文学，则我亦何敢多让？这是我走上文学路的一个大原因。

谁知道区区字义的误解就误了我半世的光阴！到欧洲后见到西方"研究文学"者所做的工作以及他们所有的准备，才懂庄子海若望洋而叹的比喻，才知道"研究文学"这个玩艺儿并不像我原来所想象的那样简单，尤其不像我原来所想象的那样有趣。文学并不是一条直路通天边，由你埋头一直向前走就可以走到极境的。"研究文学"也要绕许多弯路，也要做许多干燥辛苦的工作。学了英文还要学法文，学了法文还要学德文、希腊文、意大利文、印度文，等等；时代的背景常把你拉到历史哲学和宗教的范围里去；文艺原理又逼你去问津图画、音乐、美学、心理学等等学问。这一场官司简直没有方法打得清！学科学的朋友们往往羡慕学文学者天天可以消闲自在地哼诗、看小说是幸福，不像他们自己天天要埋头记干燥的公式，搜罗干燥的事实。其实我心里有苦说不出，早知道“研究文学”原来要这样东奔西窜，悔不如学得一件手艺，备将来自食其力。我现在还时时存着学做小儿玩具或编藤器的念头。学会做小儿玩具或编藤器，我还是可以照旧哼诗、念文章，但是遇到一般人对于“研究文学”者“专门哪一方面”式的问题就可以名正言顺地置之不理了。那是多么痛快的一大解脱！

我这番话并不是要唐突许多在外国大学中预备博士论文者，只是向国内一般青年自道甘苦。青年们免不掉像我一样有一个嗜好文艺的时期，在现代中国学风之中，也恐怕免不掉像我一样以哼诗、念文章为“研究文学”。倘若他们再像我一样因误解字义而走上错路，自然也难免有一日要懊悔。文艺像历史、哲学两种学问一样，有如金字塔，要铺下一个很宽广笨重的基础，才可以逐渐砌成一个尖顶出来。如果入手就想造成一个尖顶，结果只有倒塌。中国学者对于西方文艺思想和政教已有半世纪的接触了，而仍然是隔膜，不能不归咎于只想望尖顶而不肯顾到基础。在文艺、哲学、历史三种学问中，“专门”和“研究工作”种种好听的名词，在今日中国实在都还谈不到。

这番话只是一个已经失败者对于将来想成功者的警告。如果不死心踏地做基础工作，哼哼诗、念念文章可以，随便做做诗、发表几篇文章也可以，只是不要去“研究文学”。像我费过二三十年工夫的人还要走回头来学编藤器、做小儿玩具，你说冤枉不冤枉！

谈趣味

趣味无可争辩，但是可以修养。

文艺批评不可抹视主观的私人的趣味，

但是始终拘执一家之言者的趣味不足为凭。

拉丁文中有句谚语："谈到趣味无争辩。""文章千古事，得失寸心知。"不但作者对于自己的作品是如此，就是读者对于作者恐怕也没有旁的说法。如果一个人相信地球是方的或是泰山比一切的山都高，你可以和他争辩，可以用很精确的论证去说服他，但是如果他说《花月痕》比《浮生六记》高明，或是两汉以后无文章，你心里尽管不以他为然，口里最好不说，说也无从说起。遇到"自家人"，彼此相看一眼，心领神会就行了。

这番话显然带着一些印象派批评家的牙慧。事实上我们天天谈文学，在批评谁的作品好，谁的作品坏，文学上自然也有是非好丑，你欢喜坏的作品而不欢喜好的作品，这就显得你的趣味低下，还有什么话可说？这话谁也承认，但是难问题不在此，难问题在你以为丑他以为美，或者你以为美而他以为丑时，你如何能使他相信你而不相信他自己呢？或者进一步说，你如何能相信你自己一定是对呢？你说文艺上自然有一个好丑的标准，这个标准又如何可以定出来呢？从前文学批评家们有些人以为要取决于多数。以为经过长久时间淘汰而仍巍然独存，为多数人所欣赏的作品总是好的。相信这话的人太多，我不敢公开地怀疑，但是在我们至好的朋友中，我不妨说句良心话：我们至多能活到一百岁，到什么时候才能知道Marcel Proust或D. H. Lawrence值不值得读一读呢？从前批评家们也有人，例如阿诺德，以为最稳当的办法是拿古典名著做“试金石”，遇到新作品时，把它拿来在这块“试金石”上面擦一擦，硬度如果相仿佛，它一定是好的；如果擦了要脱皮，你就不用去理会它。但是这种办法究竟是把问题推远而并没有解决它，文学作品究竟不是石头，两篇相擦时，谁看见哪一篇“脱皮”呢？

“天下之口有同嗜”，但是也有例外。文学批评之难就难在此。如果依正统派，我们便要抹煞例外；如果依印象派，我们便要抹煞“天下之口有同嗜”。关于文学的嗜好，“例外”也并不可一笔勾消。在Keats未死以前，嗜好他的诗的人是例外，在印象主义闹得很轰烈时，真正嗜好Malarmé 的诗人还是例外，我相信现在真正欢喜T. S. Eliot的人恐怕也得列在例外。这些“例外”的人常自居 élite之列，而实际上他们也往往真是 élite。所谓“经过长久时间淘汰而仍巍然独存的”作品往往是先由这班“例外”的先生们捧出来的。

在正统派看，“天下之口有同嗜”一个公式之不可抹煞当更甚于“例外”之不可抹煞。他们总得喊要“标准”，喊要“普遍性”。他们自然也有正当道理。反正这场官司打不清，各个时代都有喊要标准的人，同时也都有信任主观嗜好的人。他们各有各的功劳，大家正用不着彼此瞧不起彼此。

文艺不一定只有一条路可走。东边的景致只有面朝东走的人可以看见，西边的景致也只有面朝西走的人可以看见。向东走者听到向西走者称赞西边景致时觉其夸张，同时怜惜他没有看到东边景致美。向西走者看待向东走者也是如此。这都是常有的事，我们不必大惊小怪。理想的游览风景者是向东边走过之后能再回头向西走一走，把东西两边的风味都领略到。这种人才配估定东西两边的优劣。也许他以为日落的景致和日出的景致各有胜境，根本不同，用不着去强分优劣。

一个人不能同时走两条路，出发时只有一条路可走。从事文艺的人入手不能不偏，不能不依傍门户，不能不先培养一种褊狭的趣味。初喝酒的人对于白酒、红酒，种种酒都同样地爱喝，他一定不识酒味。到了识酒味时他的嗜好一定褊狭，非是某一家某一年的酒不能使他喝得畅快。学文艺也是如此，没有尝过某一种clique的训练和滋味的人总不免有些江湖气。我不知道会喝酒的人是否可以从非某一家某一年的酒不喝，进到只要是好酒都可以识出味道；但是我相信学文艺者应该能从非某家某派诗不读，做到只要是好诗都可以领略到味的地步。这就是说，学文艺的人入手虽不能不偏，后来却要能不偏，能凭空俯视一切门户派别，看出偏的弊病。

文学本来一国有一国的特殊的趣味，一时有一时的特殊的风尚。就西方诗说，拉丁民族的诗有为日耳曼民族所不能欣赏的境界，日耳曼民族的诗也有为非拉丁民族所能欣赏的境界。寝馈于古典派作品既久者对于浪漫派作品往往格格不入；寝馈于象征派既久者亦觉其他作品都索然无味。中国诗的风尚也是随时代变迁。汉魏六朝唐宋各有各的派别，各有各的信徒。明人尊唐，清人尊宋，好高古者祖汉魏，喜妍艳者惟重六朝和西昆。门户之见也往往很严。

但是门户之见可以范围初学而不足以羁縻大雅。读诗较广泛者常觉得自己的趣味时时在变迁中，久而久之，有如江湖游客，寻幽览胜，风雨晦明，川原海岳，各有妙境，吾人正不必以此所长量彼所短，各派都有长短，取长弃短才无偏蔽。古今的优劣实在不易下定评，古有古的趣味，今也有今的趣味。后人做不到“蒹葭苍苍”和“涉江采芙蓉”诸诗的境界，古人也做不到“空梁著燕泥”和“山山尽落晖”诸诗的境界。浑朴、精妍原来是两种不同的趣味，我们不必强其同。

文艺上一时的风尚向来是靠不住的。在法国十七世纪新古典主义盛行时，十六世纪的诗被人指摘体无完肤，到浪漫时代大家又觉得“七星派诗人”亦自有独到境界。在英国浪漫主义盛行时，学者都鄙视十七、十八世纪的诗；现在浪漫的潮流平息了，大家又觉得从前被人鄙视的作品，亦自有不可磨灭处。个人的趣味演进亦往往如此。涉猎愈广博，偏见愈减少，趣味亦愈纯正。从浪漫派脱胎者到能见出古典派的妙处时，专在唐宋做工夫者到能欣赏六朝人作品时，笃好苏辛词者到能领略温李的情韵时，才算打通了诗的一关。好浪漫派而止于浪漫派者，或是好苏辛而止于苏辛者，终不免坐井观天，诬天渺小。

趣味无可争辩，但是可以修养。文艺批评不可抹视主观的私人的趣味，但是始终拘执一家之言者的趣味不足为凭。文艺自有是非标准，但是这个标准不是古典，不是“耐久”和“普及”，而是从极偏走到极不偏，能凭空俯视一切门户派别者的趣味。换句话说，文艺标准是修养出来的纯正的趣味。

小泉八云

读他在热带地方写的信，你会想到青棕白日，浑身发汗；
读他的描写海水浴的信，你会嗅着海风的盐气。
在他的眼中，没有东西太渺小，值不得注意的。

歌德曾经说过，作品的价值大小，要看它所换起热情的浓薄。小泉八云（Lafcadio Hearn）值得我们注意，就在他对于人生和文艺，都是一个强烈的热情者。他所倾向的虽然是一种偏而且狭的浪漫主义，他的批评虽不免有时近于野狐禅，可是你读他的书札，他的演讲，他描写日本生活的小品文字，你总得被他的魔力诱惑。你读他以后，别的不说，你对于文学兴趣至少也加倍浓厚些。他是第一个西方人，能了解东方的人情美。他是最善于教授文学的，能先看透东方学生的心孔，然后把西方文学一点一滴地灌输进去。初学西方文学的人以小泉八云为向导，虽非走正路，却是取捷径。在文艺方面，学者第一需要是兴趣，而兴趣恰是小泉八云所能给我们的。

我说小泉八云是一个西方人，严格说起，这句话不甚精确。他的文学兴趣是超国界的，他的行踪是漂泊无定的，他的世系也是东西合璧的。论他的生平，他生在希腊，长在爱尔兰、法国、美国和西印度，最后娶了日本妇人，入了日本籍。论他的血统，他是一个混种之混种。他的父亲名为爱尔兰人，而祖先据说是罗马人（Roman）和由埃及浪游到欧陆的一种野人（gypsy）的后裔。他的母亲名为希腊人，据说在血源方面与阿拉伯人有关系。要明白小泉八云的个性，不可不记着他的血统。希腊的锐敏的审美力，拉丁人的强烈的感官欲与飘忽的情绪，爱尔兰人的诙诡的癖性，东方民族的迷离梦幻的直觉，四者熔铸于一炉，其结果乃有小泉八云的天才和魔力。他的著作中有一种异域（exotic）情调，在纯粹的英国人、法国人或任何国人的著作中都不易寻出的。

小泉八云的父亲是一个下级军官，驻扎在希腊的英属岛，因而娶下希腊女子。小泉八云出世未久，就随父母还爱尔兰。到了爱尔兰以后，刚离襁褓的小泉八云就落下生命苦海，漂泊终身了。他的家庭中遭遇种种惨变，父另娶，母再醮，他寄养在一个亲房叔祖母家，和他的父母就从此永远诀别了。他的亲属都是天主教徒，所以他自幼就受严厉的天主教的教育。他先进了一个英国天主教学校，据说因为好闹事，被学校斥退了。他在学校就以英文作文驰名。同学们因为他为人特别奇异，都喜欢同他顽。他的眼睛瞎了一个，就是在学校和同学们游戏打瞎的。后来他又转入法国天主教学校，所以他的法文很有根底。他生来是一个唯美主义者，对于宗教，始终格格不入。他在书札中曾提起幼时一段故事：

> 我做小孩时，须得照例去向神父自白罪过。我的自白总是老实不客气的。有一天，我向神父说："据说厉鬼变成美人引诱沙漠中的虔修者，我应该自白，我希望厉鬼也应该变成美人来引诱我，我想我决定受这引诱的。"神父本来是一位道貌堂堂的人，不轻于动气。那一次，他可怒极了。他站起来说："我警告你，我警告你永远莫想那些事，你不知道你将来会后悔的！"神父那样严肃，使我又惊又喜。因为我想他既然这样郑重其词，也许我所希望的引诱果然会实现罢！但是俏丽的女魔们都还依旧留在地狱里！

如果到地狱里去，他能享美，他也乐意去的。这是他生平对于文艺的态度，在这幼年的自白中就露出萌芽了。在十六岁时，他的叔祖母破产，没有人资助他，他只得半途辍学，跑到伦敦去做苦工。在伦敦那样人山人海的城市中，一个孤单孱弱的孩子，如何能自谋生活？他有时睡在街头，有时睡在马房里。在一篇短文叫做《众星》（*Stars*）里面，有一段描写当时苦况说：

> 我脱去几件单薄衣服，卷成一个团子作枕头，然后赤裸裸地溜进马房草堆里去。啊，草床的安乐！在这第一遭的草床上我度去多少漫漫长夜！啊，休息的舒畅，干草的香气！上面我看着众星闪闪地在霜天中照着。下面许多马时时在那儿打翻叉脚。我听得见它们的呼吸，它们呼的气一缕一缕地腾到我面前。那庞大身躯的热气，把全房子通炙热了，干草也炙得很暖，我的血液也就流畅起来了，——它们的生命简直就是我的炉火。

在这种境界中，他能恬然自乐，因为“他知道天上那万千历历的繁星个个都是太阳，而马却不知道”。

他在伦敦度去两年，也没有人知道他究竟如何撑持住他的肚皮，更没有人知道他如何七翻八转就转到纽约。此时他已十九岁了。当时英国人想发财的都到美国掘金山去。小泉八云是否也有这种雄心，我们不知道。我们所知道的只是那里没有财临到他去发。叨天之幸，他遇着一个爱尔兰木匠，叙起乡谊，两下相投，他就留在木匠铺里充一个走卒。不多时，他又转到辛辛那提。他在三等车里，看见一位挪威女子，以为她是天仙化人，暗地里虔诚景仰。旁座人向他开玩笑说：“她明天下车了，你何以不去同她攀谈？”他以为这是亵渎神圣，置之不答。那人又问他何以两天两夜都不吃饭，他答腰无半文，那人便转过头谈别的事去了。他正在默念人情浇薄，猛然地后面有人持一块面包用带着外国口音的英语向他说："拿去吃罢。"他回头看，这笑容满面的垂怜者便是那挪威少女。张皇失措中，他接着就慌忙地嚼下了。过后才想到忘记道谢，不尴不尬地去作不得其时的客气话，被她误会了，用挪威语说了一阵话，似乎含着怒意。过了三十五年，小泉八云做了一篇文章，叫作《我的第一遭奇遇》，还津津乐道这一饭之惠。

小泉八云在美洲东奔西走地度去二十余年之久。在这二十余年中，他经过变化甚多，本文不能详述。一言以蔽之，这二十余年是他生平最苦的时代，也是他死心塌地努力文学的时代。穷的时候，他在电话厂里做过小伙计，在餐馆里做过堂倌，在印刷所里做过排字人，他自己又开过五分钱一餐的小吃店。后来他由排字人而升为新闻报告者，由报告者而升为编辑者。他的大部分光阴都费在报馆里。他的职业虽变更无常，可是他自始自终，都认定文学是他的目标。窘到极点，他总记得他的使命。别的地方他最不检点，在文学方面他是最问良心的。尽管穷到没有饭吃，他决不去做自己所不欢喜做的文字去骗钱。他于书无所不窥，希腊的诗剧、印度的史诗、中国的神话、挪威的民间故事、俄国的近代小说、英国浪漫时代的诗和散文，他都下过仔细的功夫。法国的近代文学更是他所寝馈不舍的。我在上面说过，小泉八云具有拉丁民族的强烈的感官欲，所以他最能同情于法国近代作者。他是第一个介绍戈蒂耶（Gautier）、福楼拜（Flaubert）、莫泊桑一般人给英美读者。他又含有爱尔兰人的诙诡奇诞的嗜好，所以他爱读挪威、俄国、印度、日本诸国文学，因为这些文学中都含有一种魔性的不平常的情致与风味。

小泉八云生来就是一个妇女崇拜者。他的漂泊生涯中大部分固然是咸酸苦辣，却亦不乏甜的滋味。关于他早年的韵事，读者最好自己去读他的传记和书札。他的第一个妇人是一个黑奴女子。在辛辛那提充新闻记者时，他染过一次重病。这位黑奴女子替他照料汤药，颇致殷勤。病愈后，他就同她正式结婚。白人以白黑通婚为大逆不道，小泉八云遂因此为报馆所辞退。小泉八云动于一时情感，不惜犯众怒而娶黑人女子，这本是他的本色。拉丁人之用情，来如疾雨，去如飘风；不久，他转过背到了日本，就忘掉黑妇人而另娶一日本女子，把自己的姓名和国籍都丢掉，跟妻族过活。他本名拉夫卡迪奥·海恩（Lafcadio Hearn），娶日本妇后，才自称小泉八云，小泉是他的妻姓，八云是日本古地名，又是一首古诗的句首。在交友方面，小泉八云也是最反复无常的人。和你要好时，他把你捧入云端，和你翻脸时，他便把你置之陌路。他早年所缔造的好友，晚年都陆续地疏弃去。他自己的妹妹和他通过许多恳挚的信，到后来也突然中绝。她写信给他，他总是把空信封递回。有人说，他怕记起幼年家庭隐痛，所以他恝然砍断这一条联想线索。

一切故人，他都遗弃了，可是有一个人他永远没有遗弃——如果他所信的轮回说不虚诞，也许在另一境界中，这人和小泉八云享有上帝的非凡的恩宠！听过小泉八云的英文课的日本学生们或许还记得他每逢解释西文姓名，在粉板上写的例子回回都是伊利莎白·比思兰（Elizabeth Bisland）。原来这位比思兰就是小泉八云久要不忘的丽友。像小泉八云自己，比思兰也早为境遇所窘，十七岁就离开她的父母，到新奥林斯去办报卖文过活。她很爱读小泉八云在报纸上所发表的文字，就写了一封信给他，表示她女孩子天真烂漫的景仰。从此文学史上，卢梭（Rousseau）与福兰克菲夫人（Mme. De La Tour-Franqueville）歌德与鲍蒂腊女士（Bettida Brentano）两段因缘以外，就添上一番佳话了。卢梭、歌德对于他们的崇拜者，都未免薄情，小泉八云总算能始终不渝。他给比思兰的信是一幅耽嗜文艺者的心理解剖图。页页都有诗情画意。他写信给她，最初还照例客气，后来除信封以外，就不称她为“比思兰女士”了。小泉八云在精神上受她的影响最深。在他的心目中，比思兰是无量数玄秘心灵的结晶，是一种可望而不可攀的理想。他本来是一个心地驳杂的人，受过比思兰的影响以后，纯洁的情绪才逐渐从心灵的深处涌起。读小泉八云的作品，处处令人觉有肉的贪恋，也处处令人觉有灵的惊醒。肉的贪恋是从戈蒂耶、福楼拜、莫泊桑诸人传染来的；而灵的觉醒，则不能不归功于比思兰的熏陶。女性经过神秘化和神圣化以后，其影响之大，往往过于天地神祇，小泉八云写信给韦德幕夫人（Mrs. Wetmore）——二十年前的比思兰女士——仿佛也有这样自白。流俗人总祷祝天下有情人都成眷属，假若小泉八云和比思兰的关系再进一步，结果佳恶固不可必，而文学史上则不免减少一个纯爱好例，法国的安白尔（Jean Jacques Ampére）和列卡米（Mme. Rëcamier）夫人就要独美千古了。

小泉八云死后，比思兰把他生平所写的书札，搜集成三巨册，她自己又替他做了一篇一百五十几页的传冠在前面。从这篇传和编辑书札的方法看，我们不得不赞赏她的文学本领。她着墨很少只把小泉八云自己说的话、写的信、做的文章和朋友们的回忆择要串成一气，而他的声音笑貌，便历历如在耳目。小泉八云的传有四五种之多。论详赡以铿纳德（Kennard）所著的为第一，可是许多佳篇妙语，经过间接语气的叙述法，不免减煞不少精彩；所以它终不及比思兰的大笔濡染，疏简而生动。

小泉八云到日本时年已四十。他本带着美国某报馆的委任，抵日本后，便丢开新闻事业而专从事于教授和著述。他先只在熊本中学教英文，后升为东京帝国大学教授，因不乐与贵人往来，为日本政府所辞退，以后早稻田大学又聘他为文学教授。他在日本凡十四年，他的最好的作品都在这个时期中成就的。到晚年他的声誉颇大，康奈尔大学和伦敦大学想请他去演讲，都因事中辍了。他到日本以后，思想、习惯都变为日本式的。他的妇人出自日本的一个中衰的望族。夫妇间感情颇笃。他生平最讨厌日本人穿洋服说英文。他的妇人请他教英语，他始终不肯，他自己倒反请她教日本文，后来他居然能用日本文会话写信。他的妇人喜欢讲日本故事，他听得津津有味时，便请她说一遍又说一遍，最后便取来做文学材料。他最不修边幅，平时只穿一套粗布服。当教授时，他妇人再三怂恿他做了一套礼服，他终身还没有穿过几次。因为怕穿礼服和拘于繁礼，每逢宴会，他往往托故不到。日本朋友去访他，尝穿着洋服衔着雪茄烟；他自己反披着和服，捧着日本式的小烟袋。他以为日本旧式生活含有艺术意味，每见通商大埠渐有欧化的痕迹，便深以为可惜。他平时最爱小孩子、小动物、花木，等等。他有一天看见一个人掷猫泄怒，就提起身旁手枪向掷猫的人连放四响，因为他近视，都没有击中。他邻近古庙中有许多古柏，他最好携妇人往柏荫散步。有一天，寺僧砍倒了三棵古柏，他看见了，终日为之不欢。他对妇人叹道："把嫩弱的芽子养成偌大的树，要费几许岁月哟！"他观察事物极其审慎，因为近视，尝携一望远镜。有一天他捉了一只蚂蚁，便铺一张报纸在地上，让蚂蚁沿着报纸爬行，他一个人从旁看着，一下午都不做旁的事。这时他刚做一篇关于蚁的文字，其谨慎可想。

他的神经不免有时失常，常说自己看见鬼怪。看起来，他像个疯人，又像一个小孩子。有一次，他携妇人去买浴衣，本来只需一件，他看见各种颜色都好看，便买上三四十件，店中人都张着眼睛望他。总之，他是一个最好走极端的人，他在生活方面，在艺术方面，都独行其所好，瞧不起世俗的批评。

比思兰以为小泉八云的书札胜似卢梭的"自白"，似未免阿其所好。小泉八云有卢梭的癖性与热情，而无卢梭的天才与气魄，究竟不能相提并论。可是她说小泉八云的著作中以书札为最上品，爱读小泉八云的人们想当有同感。他平时作文，过于推敲。每成一文，易稿十数次。精钢百炼，渣滓净尽，固其所长，而刻划过量，性灵不免为艺术所掩蔽，亦其所短。但是他的信札大半是在百忙中信笔写成的，所以自然流露，朴质无华。他的热情，他的幻想，他的偏见，在信札中都和盘托出。平时著书作文，都不免有所为；写信才完全是自己的娱乐，所以脱尽拘束。他的信札，无论是绘声绘形，谈地方风俗，写自己生活，或是谈文学，谈音乐，都极琐琐有趣。他的最大本领在能传出新奇地方的新奇感觉，使读者恍如身历其境。读他在热带地方写的信，你会想到青棕白日，浑身发汗；读他的描写海水浴的信，你会嗅着海风的盐气。在他的眼中，没有东西太渺小，值不得注意的。比方他给朋友讨论日本眼睛的信，就很别致：

昨夜睡在床上把洛蒂（P. Loti，法国小说家Julien Viaud的假名）从头读到尾，后来睡着了，梦中还依稀见着喧嚷光怪的威尼斯。

以后再谈这本书，现在我想说说我的邪说怪论。你或许不乐闻，但是真理就是真理，尽管和世所公认的标准悬殊太远。

我以为日本眼睛之美，非西方眼睛所能比拟。谈日本眼睛的歪文我已读厌了，现在姑且辩护我的怪论。

博德女士说得好，人在日本居久了，他的审美标准总得逐渐改变。这不但在日本，在任何国土都是一样。真游历家都有同样经验。我每拿西方孩子的雕像给日本人看，你想他们说什么？我试过五十次了，每次如果得到评语，都是众口一词：“面孔很生得好——一切都好，只是眼睛，眼睛太大了，眼睛太可怕了！”我们用我们的标准鉴定，东方人也自有其标准，究竟谁是谁非呢？

日本眼睛之所以美，在它所特有的构造，眼球不突出，没有嵌入的痕迹。褐色的平滑的皮肤猛然地很奇怪地劈开，露出闪闪活动的宝石。西方眼睛，除特别例外，最美丽的也不免张牙露齿似的，眼球显然像嵌进头盖骨去的；球的椭圆和框的纹路都没有藏起。纯粹从美的观点说，无缝天衣是自然的较美的成就。（我曾见过一对最好的中国眼睛，我永远都不会忘掉！）

他接着又说白皮肤不如有色皮肤的美，也很有趣。他平时写信的材料，大半都是这样信手拈来，说得头头是道。有时他也很欢喜谈文学和哲理。给张伯伦教授（Prof. Hill Chamberlain）的信大半都说他的文学主张。比方下面所节录的就是属这一类：

荷兰印象派画家

文森特·梵·高（1853—1890）《路边的翠柏》

如果没有读过陀思妥耶夫斯基（Dostoyevsky）的《罪与罚》，（法译本*Crime et Châtiment*）我劝你试一试。我觉得这本书是近代第一本有力的言情小说。读这本书好比钉上十字架，可是动人至深。它比托尔斯泰的《高萨克》（*Cassacks*）还更好。我最，最，最爱俄国作家。我以为屠格涅夫的《处女地》（*Virgin Soil*）胜似雨果的《悲惨世界》，我们最好的社会小说家，也没有人能比上果戈里（Gogal）……

你读过比昂松（Bjφrnson）么？如果没有，应该试试《辛诺夫·苏巴金》（*Synnove Solbakken*）。我想凡他所做的，你都会欢喜。他的密钥在兼有雄伟简朴之胜。任意取一部，你方以为所读的只是做给婴儿读的作品，可是猛然间会有大力深情流露，使你为之撼动，为之倾倒。安徒生（Anderson，以童话著名）的魔力也就在此。这派北欧作者简直不屑修饰，不讲技巧，——浑身都是魄力，又宏大，又温和，又诚恳。他们真使我对之吐舌。我就学一百年也写不成一页比得上比昂松，虽然我能模仿华美的浪漫派作者。修饰和富丽的文字究不难得，最难得的是十足的简朴。

这一两条例子，我不敢说就能代表小泉八云的作风，可是我不能再举了。约翰逊说断章取义地赞扬莎士比亚，好比卖屋的人拿一块砖到市场去做广告。研究任何人的作品，都不能以一斑论全豹，须总观全局，看它所生的总印象如何。上乘作品的佳胜处都在总印象而不在一章一句的精练。小泉八云的信札要放在一堆，从头读到尾，我们才能领略它的风味。

我对于日本无研究，不敢批评小泉八云描写日本的书籍。我只觉得读《稀奇日本瞥见记》（*Glimpses of Unfamiliar Japan*）和《出自东方》（*Out of the East*）等书，比读最有趣的小说还更有趣。《稀奇日本瞥见记》里面有一篇叫做《舞女》（*Dancing Girl*）已经翻译成法、意、德诸国文字，法国*Doux Mondes*杂志曾推为世界最好的言情故事。《出自东方》里面的《海龙王公主》《石佛》诸篇完全是一种散文诗，其音调之悠扬，情境之奇诡，都令人读之悠然意远，论文章，这几种书在小泉八云的作品中也要算是最美丽的。从表面看，它们都是极浅显，极流利，像是不曾费力信笔写就的，可是实际上，一字一句都经过几番推敲来的。看他给张伯伦教授的信，就可想见他如何刻划经营：

……题目择定了，我先不去运思，因为恐怕易于厌倦。我作文只是整理笔记。我不管层次，把最得意的一部分先急忙地信笔写下。写好了，便把稿子丢开，去做旁的较适意的工作。到第二天，我再把昨天所写的稿子读一遍，仔细改过，再从头到尾誊清一遍。在誊清中，新的意思自然源源而来，错误也发现了，改正了。于是我又把它搁起。再过一天，我又修改第三遍。这一次是最重要的。结果总比从前大有进步，可是还不能说完善。我再拿一片干净纸做最后的誊清。有时须誊两遍。经过四五次修改以后，全篇的意思自然各归其所，而风格也就改定妥贴了。这样工作都是自生自长的。如果第一次我就要想做得车成马就，结果必定不同。我只让思想自己去生发，去结晶。

我的书都是这样著的。每页都要修改五六次，好像太费力，但实际上这是最经济的方法。久于作文的人，出笔自能运用自如，著书如写信，不易厌倦。所谓意之所到，笔亦随之，用不着费力。你尽管提着笔，它自会触理成文，仿佛有鬼神呵护。我现在只是写信给你，所以一动笔就写许多页。但是如果做文章付印，我至少也要修改五次，使同样思想在一半篇幅中表现得更有力。我先一定只让思想自己发展。第二天把第一天所写的五页誊清过，再另写五页；第三天把第一天的五页再改过，另外再写五页。每天都写些新材料，可是第一天的五页未改好以前，不动手改第二天的五页。平均每天可写五页（指每日三时工作），每月可写一百五十页。最要紧的是先写最得意的

> 部分，层次无关宏旨而且碍事。得意的部分写得好，无形中便得许多鼓励，其他连属部分的意思也自然逐一就绪了。

我读到这封信，诧异之至，因为我从来没有想到小泉八云的那样流利自然的文字是如此刻意推敲来的。我不敢说凡是做文章的人都要学小泉八云一般仔细。文章本天成，过于修饰，往往汩没天真。但是初学作文的人总应该经过一番推敲的训练。从前中国人，大半每人都先读过几百篇乃至于几千篇的名著，揣摩呻吟，至能背诵。他们练习作文，也字斟句酌，费尽心力。郑谷改僧齐已早梅诗“数枝开”为“一枝开”，齐已感佩至于下拜。张平子作《两京赋》，构思至于十年之久。听说严又陵译书，似未免近于迂腐。加以近代生活日渐繁忙，青年人好以文字露头角。上焉者自恃天才，不屑留心于文字修饰；下焉者以文字为吃饭工具，只求多多益善，质的好坏便不能顾及。一般报章杂志固然造就了不少的文人学者，可是也陷害了许多可以有为之士。读世界文学家传记，除莎士比亚以外，我不知道一个重要作者没有在文章上经过推敲的训练。中国文学语言现在正经激变，作家所负的责任尤其重大，下笔更不可鲁莽。所以小泉八云的作文方法，值得我们特别注意。

从东方学生的实用观点说，小泉八云的《演讲集》是最好的著作。我在上面说过，他能看透东方学生的心孔，然后把西方文学一点一滴地灌输进去。“灌输”这两个字还不甚妥当，因为他不仅给你一些文学常识，他所最关心的是教你如何欣赏，提醒你对于文学的嗜好。他自己对于文学是一个极端的热情者，他也极力引诱你同他一块拍掌叫好。他在东京帝国大学充过六年文学教授（一八九六年至一九〇二年）。这六年中他所演讲的，日本学生都逐字逐句地记录下来了。他死后，哥仑布大学文学教授阿斯金（Prof. Erskine）把日本学生笔记的演讲搜集起来，选其最佳者付印，得四巨册。第一第二两册名《文学导解》（***Interpretations of Literature***）第三册名《诗的欣赏》（***Appreciations of Poetry***）第四册名《生命与文学》（***Life and Literature***）。

阿斯金教授在他的序里说，除柯尔律治（Coleridge）以外，在英文著作中找不出一部批评文集比得上《文学导解》，有时小泉八云且超出柯尔律治之上，因为柯尔律治所谈的只是空玄的文学哲理，到小泉八云才谈到个别作品的欣赏。这番话虽着重小泉八云的价值，也未免过誉。柯尔律治是英国浪漫派文学的开山老祖，而小泉八云只是浪漫主义所养育的娇儿。论创造力，论渊博，论深邃，小泉八云都不是柯尔律治的敌手。他的浪漫主义颇太偏于唯感主义（Sensualism），所以有时流于褊狭。他对于希腊文学只有一知半解，没有窥到古典主义的真精神。在《文学导解》第三讲《论浪漫文学与古典文学》里面，他把古典文学当成纯粹的谨守义法的文学，就显然把古典主义和十八世纪的假古典主义（neo-classicism）混为一谈了。真古典主义着重希腊文学的一种简朴冲和深刻诚挚的风味，假古典主义才主张谨守古人义法，以理胜情。小泉八云的感官欲太强，喜读夺目悦耳的文字，痛恨假古典主义之不近人情，矫枉乃不免于过直。比方他所最爱读的是丁尼生（Tennyson），而阿诺德（M. Arnold）则被抑为第五流诗人，就不免为维多利亚时代习尚所囿。他生平推崇斯宾塞为第一大哲学家，也是辽东人过重白豕。真正哲学家没有人看重斯宾塞的。

研究任何作者，都不应以其所长掩其所短，或以其所短掩其所长。小泉八云虽偶有瑕疵，究不失为文学批评家中一个健将。就我的浅薄的经验说，我听过比小泉八云更渊博的学者演讲，读过比《文学导解》胜过十倍的批评著作，可是柯尔律治、圣伯夫（Sainte bouve）、阿诺德、克罗齐（Croce）、圣茨伯里教授（Prof. Saintsbury）虽使我能看出小泉八云的偏处浅处，而我最感觉受用的不在这些批评界泰斗，而在小泉八云。他所最擅长的不在批评而在导解。所谓“导解”是把一种作品的精髓神韵宣泄出来，引导你自己去欣赏。比方他讲济慈（Keats）的《夜莺歌》，或雪莱（Shelley）的《西风歌》，他便把诗人的身世，当时的情境，诗人临境所感触的心情，一齐用浅显文字绘成一幅图画让你看，使你先自己感觉到诗人临境的情致，然后再去玩味诗人的诗，让你自己衡量某某诗是否与某种情致忻合无间。他继而又告诉你他自己从前读这首诗时作何感想，他

文森特·梵·高（1853—1890）《奥维的风光》

荷兰印象派画家

自己何以憎它或爱它。别人教诗，只教你如何“知”（know），他能教你如何“感”（feel），能教你如何使自己的心和诗人的心相凑拍，相共鸣。这种本领在批评文学中是最难能的。研究文学，最初离不了几种入门书籍。在入门书籍中，小泉八云的演讲要算是一部好书。从这部书中，不但初学者可以问津，就是教文学的教师们也可以学到不少的教授法。

文学的教授法是中国学校教师们所最缺乏的。本来想学生们对于文学发生热情，自己先要有热情，想学生们养成文学口胃，自己先要有一种锐敏的口胃。自己没有文学的热情与口胃，于是不能不丢开文学而着重说外国话。拿中国学生比日本学生，最显明的异点就在对于外国文的态度。日本学生虽不会说外国话，而对于外国文学似乎读得比中国学生起劲些。中国学生只学得说外国话，而日本学生却于外国文学有若干兴味，这不能不归功于小泉八云的循循善诱。一个好文学教师的影响，往往作始简而将毕巨。听说日本新文学家许多都曾受教于小泉八云。他在演讲中尝说日本文学应该脱离假古典主义的羁绊而倾向于浪漫主义，文学作者应该不拘于文言而采用流利白话。这些鼓吹革命的话，在虔诚景仰的学生们的心中所生影响如何，是不难测量的。他在日本文学史上的位置大概不易磨灭罢。

文学与人生

在让性情怡养在文艺的甘泉时，

我们霎时间脱去尘劳，得到精神的解放，

心灵如鱼得水地徜徉自乐；

文学是以语言文字为媒介的艺术。就其为艺术而言，它与音乐、图画、雕刻及一切号称艺术的制作有共同性：作者对于人生世相都必有一种独到的新鲜的观感，而这种观感都必有一种独到的新鲜的表现；这观感与表现即内容与形式，必须打成一片，融合无间，成为一种有生命的和谐的整体，能使观者由玩索而生欣喜。达到这种境界，作品才算是“美”。美是文学与其他艺术所必具的特质。就其以语言文字为媒介而言，文学所用的工具就是我们日常运思、说话所用的工具，无待外求，不像形色之于图画、雕刻，乐声之于音乐。每个人不都能运用形色或音调，可是每个人只要能说话就能运用语言，只要能识字就能运用文字。语言文字是每个人表现情感思想的一套随身法宝，它与情感思想有最直接的关系。因为这个缘故，文学是一般人接近艺术的一条最直截简便的路；也因为这个缘故，文学是一种与人生最密切相关的艺术。

我们把语言文字联在一起说，是就文化现阶段的实况而言，其实在演化程序上，先有口说的语言而后有手写的文字，写的文字与说的语言在时间上的距离可以有数千年乃至数万年之久，到现在世间还有许多民族只有语言而无文字。远在文字未产生以前，人类就有语言，有了语言就有文学。文学是最原始的也是最普遍的一种艺术。在原始民族中，人人都欢喜唱歌，都欢喜讲故事，都欢喜戏拟人物的动作和姿态。这就是诗歌、小说和戏剧的起源。于今仍在世间流传的许多古代名著，像中国的《诗经》，希腊的荷马史诗，欧洲中世纪的民歌和英雄传说，原先都由口头传诵，后来才被人用文字写下来。在口头传诵的时期，文学大半是全民众的集体创作。一首歌或是一篇故事先由一部分人倡始，一部分人随和，后来一传十，十传百，辗转相传，每个传播的人都贡献一点心裁把原文加以润色或增损。我们可以说，文学作品在原始社会中没有固定的著作权，它是流动的，生生不息的，集腋成裘的。它的传播期就是它的生长期，它的欣赏者也就是它的创作者。这种文学作品最能表现一个全社会的人生观感，所以从前关心政教的人要在民俗歌谣中窥探民风国运，采风观乐在春秋时还是一个重要的政典。我们还可以进一步说，原始社会的文学就几乎等于它的文化；它的历史、政治、宗教、哲学等等都反映在它的诗歌、神话和传说里面。希腊的神话史诗，中世纪的民歌传说以及近代中国边疆民族的歌谣、神话和民间故事都可以为证。

口传的文学变成文字写定的文学，从一方面看，这是一个大进步，因为作品可以不纯由记忆保存，也不纯由口诵流传，它的影响可以扩充到更久更远。但从另一方面看，这种变迁也是文学的一个厄运，因为识字另需一番教育，文学既由文字保存和流传，文字便成为一种障碍，不识字的人便无从创造或欣赏文学，文学便变成一个特殊阶级的专利品。文人成了一个特殊阶级，而这阶级化又随社会演进而日趋尖锐，文学就逐渐和全民众疏远。这种变迁的坏影响很多，第一，文学既与全民众疏远，就不能表现全民众的精神和意识，也就不能从全民众的生活中吸收力量与滋养，它就不免由窄狭化而传统化，形式化，僵硬化。其次，它既成为一个特殊阶级的兴趣，它的影响也就限于那个特殊阶级，不能普及于一般人，与一般人的生活不发生密切关系，于是一般人就把它认为无足轻重。文学在文化现阶段中几乎已成为一种奢侈，而不是生活的必需。在最初，凡是能运用语言的人都爱好文学；后来文字产生，只有识字的人才能爱好文学；现在连识字的人也大半不能爱好文学，甚至有一部分人鄙视或仇视文学，说它的影响不健康或根本无用。在这种情形之下，一个人要想郑重其事地来谈文学，难免有几分心虚胆怯，他至少须说出一点理由来辩护他的不合时宜的举动。这篇开场白就是替以后陆续发表的十几篇谈文学的文章作一个辩护。

先谈文学有用无用问题。一般人嫌文学无用，近代有一批主张“为文艺而文艺”的人却以为文学的妙处正在它无用。它和其他艺术一样，是人类超脱自然需要的束缚而发出的自由活动。比如说，茶壶有用，因能盛茶，是壶就可以盛茶，不管它是泥的、瓦的、扁的、圆的，自然需要止于此。但是人不以此为满足，制壶不但要能盛茶，还要能娱目赏心，于是在质料、式样、颜色上费尽机巧以求美观。就浅狭的功利主义看，这种功夫是多余的，无用的；但是超出功利观点来看，它是人自作主宰的活动。人不惮烦要做这种无用的自由活动，才显得人是自家的主宰，有他的尊严，不只是受自然驱遣的奴隶；也才显得他有一片高尚的向上心，要胜过自然，要弥补自然的缺陷，使不完美的成为完美。文学也是如此。它起于实用，要把自己所知所感的说给旁人知道；但是它超过实用，要找好话说，要把话说得好，使旁人在话的内容和形式上同时得到愉快。文学所以高贵，值得我们费力探讨，也就在此。

这种“为文艺而文艺”的看法确有一番正当道理，我们不应该以浅狭的功利主义去估定文学的身价。但是我以为我们纵然退一步想，文学也不能说是完全无用。人之所以为人，不只因为他有情感思想，尤在他能以语言文字表现情感思想。试假想人类根本没有语言文字，像牛羊犬马一样人类能否有那样光华灿烂的文化？文化可以说大半是语言文字的产品。有了语言文字，许多崇高的思想，许多微妙的情境，许多可歌可泣的事迹才能流传广播，由一个心灵出发，去感动无数心灵，去启发无数心灵的创造。这感动和启发的力量大小与久暂，就看语言文字运用得好坏。在数千载之下，《左传》《史记》所写的人物事迹还活现在我们眼前，若没有左丘明、司马迁的那种生动的文笔，这事如何能做到？这数千载之下，柏拉图的《对话集》所表现的思想对于我们还是那么亲切有趣，若没有柏拉图的那种深入浅出的文笔，这事又如何能做到？从前也许有许多值得流传的思想与行迹，因为没有遇到文人的点染，就淹没无闻了。我们自己不时常感觉到心里有话要说而说不出的苦楚么？孔子说得好："言之无文，行之不远。"单是"行远"这一个功用就深广不可思议。

柏拉图、卢梭、托尔斯泰和程伊川都曾怀疑到文学的影响，以为它是不道德的或是不健康的。世间有一部分文学作品确有这种毛病，本无可讳言，但是因噎不能废食，我们只能归咎于作品不完美，不能断定文学本身必有罪过。从纯文艺观点看，在创作与欣赏的聚精会神的状态中，心无旁涉，道德的问题自无从闯入意识阈。纵然离开美感态度来估定文学在实际人生中的价值，文艺的影响也决不会是不道德的，而且一个人如果有纯正的文艺修养，他在文艺方面所受的道德影响可以比任何其他体验与教训的影响更为深广。"道德的"与"健全的"原无二义。健全的人生理想是人性的多方面的谐和的发展，没有残废也没有臃肿。譬如草木，在风调雨顺的环境之下，它的一般生机总是欣欣向荣，长得枝条茂畅，花叶扶疏。情感思想便是人的生机，生来就需要宣泄生长，发芽开花。有情感思想而不能表现，生机便遭窒塞残损，好比一株发育不完全而呈病态的花草。文艺是情感思想的表现，也就是生机的发展，所以要完全实现人生，离开文艺决不成。世间有许多对文艺不感兴趣的人干枯浊俗，生趣索然，其实都是一些精神方面的残废人，或是本来生机就不畅旺，或是有畅旺的生机因为窒塞而受摧残。如果一种道德观要养成精神上的残废人，它本身就是不道德的。

表现在人生中不是奢侈而是需要，有表现才能有生展，文艺表现情感思想，同时也就滋养情感思想使它生展。人都知道文艺是“怡情养性”的。请仔细玩索“怡养”两字的意味！性情在怡养的状态中，它必定是健旺的，生发的，快乐的。这“怡养”两字却不容易做到，在这纷纭扰攘的世界中，我们大部分时间与精力都费在解决实际生活问题，奔波劳碌，很机械地随着疾行车流转，一日之中能有几许时刻回想到自己有性情？还论怡养！凡是文艺都是根据现实世界而铸成另一超现实的意象世界，所以它一方面是现实人生的返照，一方面也是现实人生的超脱。在让性情怡养在文艺的甘泉时，我们霎时间脱去尘劳，得到精神的解放，心灵如鱼得水地徜徉自乐；或是用另一个比喻来说，在干燥闷热的沙漠里走得很疲劳之后，在清泉里洗一个澡，绿树荫下歇一会儿凉。世间许多人在劳苦里打翻转，在罪孽里打翻转，俗不可耐，苦不可耐，原因只在洗澡歇凉的机会太少。

从前中国文人有“文以载道”的说法，后来有人嫌这看法的道学气太重，把“诗言志”一句老话抬出来，以为文学的功用只在言志；释志为“心之所之”，因此言志包含表现一切心灵活动在内。文学理论家于是分文学为“载道”“言志”两派，仿佛以为这两派是两极端，绝不相容——“载道”是“为道德教训而文艺”，“言志”是“为文艺而文艺”。其实这问题的关键全在“道”字如何解释。如果释“道”为狭义的道德教训，载道就显然小看了文学。文学没有义务要变成劝世文或是修身科的高头讲章。如果释“道”为人生世相的道理，文学就决不能离开“道”，“道”就是文学的真实性。志为心之所之，也就要合乎“道”，情感思想的真实本身就是“道”，所以“言志”即“载道”，根本不是两回事，哲学科学所谈的是“道”，文艺所谈的仍然是“道”，所不同者哲学科学的道是抽象的，是从人生世相中抽绎出来的，好比从盐水中所提出来的盐；文艺的道是具体的，是含蕴在人生世相中的，好比盐溶于水，饮者知咸，却不辨何者为盐，何者为水。用另一个比喻来说，哲学科学的道是客观的、冷的、有精气而无血肉的；文艺的道是主观的、热的，通过作者的情感与人格的渗沥，精气与血肉凝成完整生命的。换句话说，文艺的“道”与作者的“志”融为一体。

我常感觉到，与其说“文以载道”，不如说“因文证道”。《楞严经》记载佛有一次问他的门徒从何种方便之门，发菩提心，证圆通道。几十个菩萨罗汉轮次起答，有人说从声音，有人说从颜色，有人说从香味，大家总共说出二十五个法门（六根、六尘、六识、七大，每一项都可成为证道之门）。读到这段文章，我心里起了一个幻想，假如我当时在座，轮到我起立作答时，我一定说我的方便之门是文艺。我不敢说我证了道，可是从文艺的玩索，我窥见了道的一斑。文艺到了最高的境界，从理智方面说，对于人生世相必有深广的观照与彻底的了解，如阿波罗凭高远眺，华严世界尽成明镜里的光影，大有佛家所谓万法皆空，空而不空的景象；从情感方面说，对于人世悲欢好丑必有平等的真挚的同情，冲突化除后的谐和，不沾小我利害的超脱，高等的幽默与高度的严肃，成为相反者之同一。柏格森说世界时时刻刻在创化中，这好比一个无始无终的河流，孔子所看到的“逝者如斯夫，不舍昼夜”，希腊哲人所看到的“濯足清流，抽足再入，已非前水”，所以时时刻刻有它的无穷的兴趣。抓住某一时刻的新鲜景象与兴趣而给以永恒的表现，这是文艺。一个对于文艺有修养的人决不感觉到世界的干枯与人生的苦闷。他自己有表现的能力固然很好，纵然不能，他也有一双慧眼看世界，整个世界的动态便成为他的诗，他的图画，他的戏剧，让他的性情在其中“怡养”。到了这种境界，人生便经过了艺术化，而身历其境的人，在我想，可以算得一个有“道”之士。从事于文艺的人不一定都能达到这个境界，但是它究竟不失为一个崇高的理想，值得追求，而且在努力修养之后，可以追求得到。

文学的趣味

生生不息的趣味才是活的趣味，

像死水一般静止的趣味必定陈腐。

活的趣味时时刻刻在发现新境界，

死的趣味老是囿在一个窄狭的圈子里。

文学作品在艺术价值上有高低的分别，鉴别出这高低而特有所好，特有所恶，这就是普通所谓趣味。辨别一种作品的趣味就是评判，玩索一种作品的趣味就是欣赏，把自己在人生自然或艺术中所领略得的趣味表现出来就是创造。趣味对于文学的重要于此可知。文学的修养可以说就是趣味的修养。趣味是一个比喻，由口舌感觉引申出来的。它是一件极寻常的事，却也是一件极难的事。虽说“天下之口有同嗜”，而实际上“人莫不饮食也，鲜能知味”。它的难处在没有固定的客观的标准，而同时又不能完全凭主观的抉择。说完全没有客观的标准吧，文章的美丑犹如食品的甜酸，究竟容许公是公非的存在；说完全可以凭客观的标准吧，一般人对于文艺作品的欣赏有许多个别的差异，正如有人嗜甜，有人嗜辣。在文学方面下过一番功夫的人都明白文学上趣味的分别是极微妙的，差之毫厘往往谬以千里。极深厚的修养常在毫厘之差上见出，极艰苦的磨炼也常是在毫厘之差上做工夫。

举一两个实例来说。南唐中主的《浣溪沙》是许多读者所熟读的：

菡萏香销翠叶残，西风愁起绿波间。还与韶光共憔悴，不堪看。

细雨梦回鸡塞远，小楼吹彻玉笙寒。多少泪珠何限恨，倚阑干。

冯正中、王荆公诸人都极赏“细雨梦回”二句，王静安在《人间词话》里却说：“‘菡萏香销’二句大有众芳芜秽美人迟暮之感，乃古今独赏‘其细雨梦回’二句，故知解人正不易得。”《人间词话》又提到秦少游的《踏莎行》，这首词最后两句是“郴江幸自绕郴山，为谁流下潇湘去”，最为苏东坡所叹赏；王静安也不以为然：“少游词境最为凄婉，至‘可堪孤馆闭春寒，杜鹃声里斜阳暮’，则变而为凄厉矣。东坡赏其后二语，犹为皮相。”

这种优秀的评判正足见趣味的高低。我们玩味文学作品时，随时要评判优劣，表示好恶，就随时要显趣味的高低。冯正中、王荆公、苏东坡诸人对于文学不能说算不得“解人”，他们所指出的好句也确实是好，可是细玩王静安所指出的另外几句，他们的见解确不无可议之处，至少是“郴江绕郴山”二句实在不如“孤馆闭春寒”二句。几句中间的差别微妙到不易分辨的程度，所以容易被人忽略过去。可是它所关却极深广，赏识“郴江绕郴山”的是一种胸襟，赏识“孤馆闭春寒”的另是一种胸襟；同时，在这一两首词中所用的鉴别的眼光可以应用来鉴别一切文艺作品，显出同样的抉择，同样的好恶，所以对于一章一句的欣赏大可见出一个人的一般文学趣味。好比善饮酒者有敏感鉴别一杯酒，就有敏感鉴别一切的酒。趣味其实就是这样的敏感。离开这一点敏感，文艺就无由欣赏，好丑妍媸就变成平等无别。

不仅欣赏，在创作方面我们也需要纯正的趣味。每个作者必须是自己的严正的批评者，他在命意、布局、遣词、造句上都须辨析锱铢，审慎抉择，不肯有一丝一毫含糊、敷衍。他的风格就是他的人格，而造成他的特殊风格的就是他的特殊趣味。一个作家的趣味在他的修改锻炼的功夫上最容易见出。西方名家的稿本多存在博物馆，其中修改的痕迹最足发人深省。中国名家修改的痕迹多随稿本淹没，但在笔记杂著中也偶可见一斑。姑举一例：黄山谷的《冲雪宿新寨》一首七律的五六两句原为“俗学近知回首晚，病身全觉折腰难”。这两句本甚好，所以王荆公在都中听到，就击节赞叹，说“黄某非风尘俗吏”。但是黄山谷自己仍不满意，最后改为“小吏有时须束带，故人颇问不休官”。这两句仍是用陶渊明见督邮的典故，却比原文来得委婉有含蓄。弃彼取此，亦全凭趣味。如果在趣味上不深究，黄山谷既写成原来两句，就大可苟且偷安。

以上谈欣赏和创作，摘句说明，只是为其轻而易举，其实一切文艺上的好恶都可作如是观。你可以特别爱好某一家，某一体，某一时代，某一派别，把其余都看成左道狐禅。文艺的好恶往往和道德上的好恶同样地强烈深固，一个人可以在趣味异同上区别敌友，党其所同，伐其所异。文学史上许多派别，许多笔墨官司，都是这样起来的。

在这里我们会起疑问：文艺有好坏，爱憎起于好坏，好的就应得一致爱好，坏的就应得一致憎恶，何以文艺的趣味有那么大的分歧呢？你拥护六朝，他崇拜唐宋；你赞赏苏辛，他推尊温李，纷纭扰攘，莫衷一是。作品的优越不尽可为凭，莎士比亚、布莱克、华兹华斯一般开风气的诗人在当时都不很为人重视。读者的深厚造诣也不尽可为凭，托尔斯泰攻击莎士比亚和歌德，约翰逊看不起弥尔顿，法朗士讥诮荷马和维吉尔。这种趣味的分歧是极有趣的事实。粗略地分析，造成这事实的有下列几个因素：

第一是资禀性情。文艺趣味的偏向在大体上先天已被决定。最显著的是民族根性。拉丁民族最喜欢明晰，条顿民族最喜欢力量，希伯来民族最喜欢严肃，他们所产生的文艺就各具一种风格，恰好表现他们的国民性。就个人论，据近代心理学的研究，许多类型的差异都可以影响文艺的趣味。比如在想象方面，“造型类”人物要求一切像图画那样一目了然，“涣散类”人物喜欢一切像音乐那样迷离隐约；在性情方面，“硬心类”人物偏袒阳刚，“软心类”人物特好阴柔；在天然倾向方面，“外倾”者喜欢戏剧式的动作，“内倾”者喜欢独语体诗式的默想。这只是就几个荦荦大端来说，每个人在资禀性情方面还有他的特殊个性，这和他的文艺的趣味也密切相关。

其次是身世经历。《世说新语》中谢安有一次问子弟：“《毛诗》何句最佳？”谢玄回答：“昔我往矣，杨柳依依；今我来思，雨雪霏霏。”谢安表示异议，说：“‘讦谟定命，远猷辰告’句有雅人深致。”这两人的趣味不同，却恰合两人不同的身份。谢安自己是当朝一品，所以特别能欣赏那形容老成谋国的两句；谢玄是翩翩佳公子，所以那流连风景、感物兴怀的句子很合他的口味。本来文学欣赏，贵能设身处地去体会。如果作品所写的与自己所经历的相近，我们自然更容易了解，更容易起同情。杜工部的诗在这抗战期中读起来，特别亲切有味，也就是这个道理。

第三是传统习尚。法国学者泰纳著《英国文学史》，指出“民族”“时代”“周围”为文学的三大决定因素，文艺的趣味也可以说大半受这三种势力形成。各民族、各时代都有它的传统，每个人的“周围”（法文milieu略似英文circle，意谓“圈子”，即常接近的人物，比如说，属于一个派别就是站在那个圈子里）都有它的习尚。在西方，古典派与浪漫派、理想派与写实派；在中国，六朝文与唐宋古文，选体诗、唐诗和宋诗，五代词、北宋词和南宋词，桐城派古文和阳湖派古文，彼此中间都树有很森严的壁垒。投身到某一派旗帜之下的人，就觉得只有那一派是正统，阿其所好，以至目空其余一切。我个人与文艺界朋友的接触，深深地感觉到传统习尚所产生的一些不愉快的经验。我对新文学属望很殷，费尽千言万语也不能说服国学耆宿们，让他们相信新文学也自有一番道理。我也很爱读旧诗文，向新文学作家称道旧诗文的好处，也被他们嗤为顽腐。此外新旧文学家中又各派别之下有派别，京派海派，左派右派，彼此相持不下。我冷眼看得很清楚，每派人都站在一个“圈子”里，那圈子就是他们的“天下”。

一个人在创作和欣赏时所表现的趣味，大半由上述三个因素决定。资禀性情、身世经历和传统习尚，都是很自然地套在一个人身上的，轻易不能摆脱，而且它们的影响有好有坏，也不必完全摆脱。我们应该做的功夫是根据固有的资禀性情而加以磨砺陶冶，扩充身世经历而加以细心地体验，接收多方的传统习尚而求截长取短，融会贯通。这三层功夫就是普通所谓学问修养。纯恃天赋的趣味不足为凭，纯恃环境影响造成的趣味也不足为凭，纯正的可凭的趣味必定是学问修养的结果。

孔子有言：“知之者不如好之者，好之者不如乐之者。”仿佛以为知、好、乐是三层事，一层深一层；其实在文艺方面，第一难关是知，能知就能好，能好就能乐。知、好、乐三种心理活动融为一体，就是欣赏，而欣赏所凭的就是趣味。许多人在文艺趣味上有欠缺，大半由于在知上有欠缺。有些人根本不知，当然不会感到趣味，看到任何好的作品都如蠢牛听琴，不起作用。这是精神上的残废。犯这种毛病的人，失去大部分生命的意味。

有些人知得不正确，于是趣味低劣，缺乏鉴别力，只以需要刺激或麻醉，取恶劣作品疗饥过瘾，以为这就是欣赏文学。这是精神上的中毒，可以使整个的精神受腐化。

有些人知得不周全，趣味就难免窄狭，像上文所说的，被囿于某一派别的传统习尚，不能自拔。这是精神上的短视，“坐井观天，诬天藐小”。

要诊治这三种流行的毛病，唯一的方剂是扩大眼界，加深知解。一切价值都由比较得来，生长在平原，你说一个小山坡最高，你可以受原谅，但你是错误的。“登东山而小鲁，登泰山而小天下”，那“天下”也只是孔子所能见到的天下。要把山估计得准确，你必须把世界名山都游历过、测量过。研究文学也是如此，你玩索的作品愈多，种类愈复杂，风格愈分歧，你的比较资料愈丰富，透视愈正确，你的鉴别力（这就是趣味）也就愈可靠。

人类心理都有几分惰性，常以先入为主，想获得一种新趣味，往往须战胜一种很顽强的抵抗力。许多旧文学家不能欣赏新文学作品，就因为这个道理。就我个人的经验来说，起初习文言文，后来改习语体文，颇费过一番冲突与挣扎。在才置信语体文时，对文言文颇有些反感，后来多经摸索，觉得文言文仍有它的不可磨灭的价值。专就学文言文说，我起初学桐城派古文，跟着古文家们骂六朝文的绮靡，后来稍致力于六朝人的著作，才觉得六朝文也有为唐宋文所不可及处。在诗方面我从唐诗入手，觉宋诗索然无味，后来读宋人作品较多，才发现宋诗也特有一种风味。我学外国文学的经验也大致相同，往往从笃嗜甲派不了解乙派，到了解乙派而对甲派重新估定价值。我因而想到培养文学趣味好比开疆辟土，须逐渐把本来非我所有的征服为我所有。英国诗人华兹华斯说道："一个诗人不仅要创造作品，还要创造能欣赏那种作品的趣味。"我想不仅作者如此，读者也须时常创造他的趣味。生生不息的趣味才是活的趣味，像死水一般静止的趣味必定陈腐。活的趣味时时刻刻在发现新境界，死的趣味老是囿在一个窄狭的圈子里。这道理可以适用于个人的文学修养，也可以适用于全民族的文学演进史。